W0461499

Manfred Wieninger, 1963 in St. Pölten (Österreich) geboren, lebt nach einigen Jahren im Wiener Exil (wie er sagt) wieder ebendort. Er ist Publizist und Autor von bislang fünf Kriminalromanen mit seinem Detektiv Marek Miert. 2008 hat Wieninger den Kriminalroman *Rostige Flügel* veröffentlicht.

Manfred Wieninger

# DIE RÜCKSEITE DES MONDES

Krimi * Nautilus

KALIBER .64

**Edition Nautilus**
Verlag Lutz Schulenburg
Alte Holstenstraße 22
D-21031 Hamburg
www.edition-nautilus.de
Alle Rechte vorbehalten
Die Krimireihe
»Kaliber .64« wird
herausgegeben von
Volker Albers
© Edition Nautilus 2008
Umschlaggestaltung:
Maja Bechert, Hamburg
www.majabechert.de
Foto Seite 2: Christiane M. Pabst
Originalveröffentlichung
Erstausgabe August 2008
Druck und Bindung:
Fuldaer Verlagsanstalt
1. Auflage
ISBN 978-3-89401-580-0

»Herrschaftszeiten, Sie könnten sie jetzt langsam mal loslassen!«, schnaubte Gruppeninspektor Franz Grassmann missmutig hinter seinem Schreibtisch. Er war gerade drauf und dran, einen Krampf zu bekommen, aber das hätte in diesem frühen Stadium des Anfalls nur jemand bemerkt, der ihn sehr gut gekannt hätte, und wirklich gut kannte den Gruppeninspektor wahrscheinlich niemand, schon gar nicht hier in Laiden. Seine Krämpfe, wie er die sekundenkurzen Anfälle bei sich nannte, waren ja auch nicht von der auffälligen Art Muskelzuckungen, wie sie konditionsschwache Kicker und die Anabolikafresser in den Studios erlitten, sondern eher so etwas wie schwarze Blitze im Hirn, hochfrequent und auch ein bisschen schmerzhaft. Jedenfalls tat der alte Kieberer nach diesen seltsamen Attacken, die ihn seit seinen mittleren Jahren mitunter heimsuchten und deren Häufigkeit sich hier in Laiden vermehrt hatte, immer wieder Dinge, die niemand so recht verstand, schon gar nicht seine Vorgesetzten, und die ihm mehr als einmal die Karriere gekostet hatten. Mittlerweile war er der älteste Gruppeninspektor der Republik und der einzige Aufstieg, den er noch vor sich hatte, würde vermutlich mit Hilfe seiner Haushaltsleiter passieren, um seinen Koffer vom Kleiderkasten herunterzuholen und ins Weinviertel zu seinen einzigen Verwandten überzusiedeln, wie er es vorhatte.

»Schließlich sind wir hier nicht bei der Gestapo – auch wenn Ihre Uniform verdammt danach aussieht«, brummte der Gruppeninspektor noch. Nach achtunddreißig Dienstjahren waren ihm die Menschen nur mehr zuwider, vor allem wenn sie als sogenannte Parteien in seinem Wachzimmer auftauchten und etwas von ihm wollten.

Der Security-Typ des Giga-Marktes, ein in sich selbst ruhender Fleischbrocken von fast zwei Metern in Bomberstiefeln und mit einem winzigen schwarzen Barett auf dem Quadratschädel, trug einen schwarzen, knapp sitzenden Overall, der mit allerlei goldglänzenden Fantasieabzeichen und silbernen Achselstücken dekoriert war. Die ganze Erscheinung lächelte, wie ein Hummer lächeln würde, wenn ein Auto das könnte. Mit seiner rechten, behandschuhten Pranke hielt er den Oberarm einer mittelgroßen, brünetten Mittdreißigerin in einem schlampig gebügelten Kostüm gepackt, das so billig aussah, dass es fast schon weh tat. Die Frau heulte leise in sich hinein wie ein dehydriertes erschöpftes Kleinkind.

»Sofort loslassen, habe ich gesagt, oder Sie können Ihre Anzeige beim Salzamt* einbringen!«, bellte Gruppeninspektor Grassmann genervt.

Seit die endgültige Schließung des Laidener Postens vor einigen Wochen ruchbar geworden war, hatte der vor einigen Monaten eröffnete Giga-Markt am südlichen Ortsende eine private, martialisch uniformierte Wachtruppe engagiert, die auf den Supermarkt und dessen Umgebung ein Auge hatte und ihren Auftrag eher weitherzig auslegte. Nichts als übelster Ruß, bestens geübte Wirtshausschläger im Räuberzivil, dachte der Gruppeninspektor verächtlich, hatte aber trotzdem zu kooperieren, da in Österreich nach der geltenden Gesetzeslage jeder Staatsbürger dazu berechtigt war, ein Verbrechen zur Anzeige zu bringen, und wenn es nur ein versuchter Eierdiebstahl war. An manchen Tagen schleppte ihm die Giga-Security gleich drei oder vier Ladendiebe an, und er hatte wie eine bessere Kanzleihilfskraft die Personalien und die Daten aufzunehmen und am Laptop in ein Formular zu schreiben, das online an das Stadtpolizeikommando Harm ging.

Diese privaten Wachleute, das hatte er bald heraus, waren zumeist Wiener und machten keinerlei Unterschied zwischen Laidenern und Nicht-Laidenern. Gruppeninspektor Franz Grassmann machte den sehr wohl. Die Anzeigen des Giga-Marktes gegen ortsansässige Langfinger speicherte er zwar ab,

* Salzamt bezeichnet in Österreich eine nicht existierende Behörde. Wenn es gegen eine behördliche Entscheidung keinen Rechtsweg gibt, kann man sich »beim Salzamt beschweren«.

mailte sie aber nie weiter zum zuständigen Harmer Stadtpolizeikommando. Dafür gingen ihm diese Securitys, die sich aufspielten, als hätten sie in Laiden schon die alleinige Macht übernommen, viel zu sehr auf die Nerven.

»Haben wir vielleicht einen Ausweis oder so?«, wandte sich der Gruppeninspektor an die noch immer flennende Frau, die der Hüne inzwischen aus dem harten Griff gelassen hatte.

»Hamma!«, sagte der Hüne und warf ein oranges Etwas von der Größe einer Ansichtskarte zielgenau vor des Gruppeninspektors Nase auf die Schreibtischplatte.

»Und da hamma gleich auch das Diebsgut, das was die Tussi gefladert hat«, grinste der riesenhafte Anabolikafresser und holte zu einer weiteren Wurfbewegung aus. Zack, bumm, schon landete ein Trumm, das aussah wie eine größere, massive Tafel Schokolade, auf der grünen Hartgummi-Schreibtischunterlage Grassmanns.

»Sind wir hier bei den Wilden, oder was? Was für eine Kinderstube haben Sie denn genossen? Schönbrunn oder doch der Innsbrucker Alpenzoo?«

Der rundliche Gruppeninspektor, der wusste, dass er wie ein jahrelang liegen gebliebener Faschingskrapfen mit blondgrauen Haaren aussah, hatte sich jäh aus dem Sessel gewuchtet und war laut geworden. Bei jedem zweiten Vokal hüpfte er dabei ein wenig in die Höhe. Er wusste auch, dass er damit rein optisch noch lächerlicher wirkte, aber das war ihm wie so vieles einfach egal, die Krämpfe in seinem Kopf hatten wieder begonnen.

»Schon mal was von Beamtenbeleidigung gehört?! Wenn Sie auf diesem Posten noch einmal irgendetwas durch die Gegend schmeißen, sperre ich Sie weg wie einen verdammten Gorilla! Darauf können Sie Dopamin oder eine Ihrer sonstigen Schwachsinnspillen nehmen!«

»Wirklich?«, antwortete der Hüne verächtlich.

»Leute wie Sie haben den Terminator einfach einmal zu viel gesehen! Raus mit Ihnen!«, schrie der Gruppeninspektor. »Die

Anzeige mache ich mir schon allein! Ich will Sie heute hier nicht mehr sehen!«

»Und morgen gibt's den Pimperl-Posten eh nimmer …«, versetzte der Security-Typ renitent, zog sich dann aber doch folgsam zur Tür zurück.

»Bazi …«, murmelte Grassmann, als der Reserve-Schwarzenegger aus der Tür war.

Solch einen unangenehmen Auftritt und das noch dazu am letzten Tag vor seiner Pensionierung, dachte er missmutig, hatte er so nötig wie Frostbeulen gehabt. Damit wandte er sich der Delinquentin zu, welche die Szene verstört wie ein soeben geköpftes Huhn mit angesehen hatte.

»Aha, ein Soma-Ausweis. Sie sind wohl nicht von hier?«

Grassmann blätterte den amtlichen Sozialhilfe-Ausweis aus dünnem, orangefarbenem Karton durch, der zum Einkauf im Harmer Sozialmarkt berechtigte. Er hatte fast so etwas wie ein fotografisches Gedächtnis, auch wenn das, wie er meinte, für nichts gut war, schon gar nicht in seinem Beruf – Gerechtigkeit, dachte der alte Kieberer, ist nur ein langes Wort aus einem Kreuzworträtsel.

Außer weiteren Tränen kam von der Delinquentin keine brauchbare Antwort. Ich hasse es, dachte der Gruppeninspektor, weinende Hausfrauen verhören zu müssen, nur weil so ein geschleckter Supermarkt-Fuzzi wie der Hohensinner die Kavallerie gerufen hat.

»Allzu dick werden Sie es wohl nicht haben, und da muss es gleich Schweizer Schokolade sein? Noch dazu Lindt & Sprüngli Vanille-Heidelbeere, die Giga-Tafel aus dem Giga-Markt?«

Die Frau weinte einfach weiter, wenn auch mittlerweile ein bisschen leiser und weniger heftig.

»Für wen war die Schokolade denn bestimmt? Wollten Sie sich mal was richtig Gutes gönnen?«

»Die ist für meinen Buben!«, protestierte die Frau schluchzend. »Der hat heute Geburtstag, und ich kann ihm sowieso nie etwas Richtiges schenken!«

»Der Vater von dem Buben?«, fragte Grassmann überflüssigerweise.

»Es hat nie einen Vater gegeben, nur so einen jämmerlichen Scheißkerl, der sich nach der ersten Nacht davongemacht hat!«, antwortete die Frau bitter.

Während die Delinquentin erzählte, öffnete Gruppeninspektor Grassmann vorsichtig die Papier-Verpackung der Edelschokolade. Darunter kam die hauchfeine, glänzende Alufolie zum Vorschein. Der rundliche Kieberer ritzte diese leicht mit einem Daumennagel auf.

»Bei einem Putztrupp bin ich für die Stiegenhäuser und Klosetts zuständig, aber die Aufträge kommen unregelmäßig und ich kann nicht wirklich davon leben. Ich muss auch ein Auto haben, einen dreizehn Jahre alten Daihatsu, damit ich den Job halten kann.«

Grassmann roch jetzt die Vanille-Schoten, die als winzige, schwarzbraune Pünktchen die weißlichgelbe Schokolade durchsetzten. Die Heidelbeeren promenierten dagegen als weit größere, violett-schwarze Erhebungen an der Schokoladen-Oberfläche. Der Gruppeninspektor brach vorsichtig eine Rippe ab und führte sie rasch und verstohlen zum Mund. Sex und Ferrarifahren, dachte er, werden stark überschätzt, Schokolade ist doch eindeutig der größte Genuss hier auf Erden.

Was macht der da bloß? stand in das fassungslose Gesicht der Frau geschrieben.

»Nehmen Sie auch ein Stück?«, fragte Grassmann.

Als die Delinquentin keinerlei Reaktion zeigte, brach er zwei Rippen ab und schob sie auf der Schreibtischoberfläche langsam in ihre Richtung. Mit gutem Gewissen langte er beim Rest wieder zu, wobei er die Schokostücke nun gar nicht mehr verstohlen zum Mund führte.

»Na, greifen Sie schon zu!«, ermunterte er die Frau. »Die

Schweizer sind schon merkwürdig, aber vom Schokolademachen verstehen die eine Menge.«

Ganz vorsichtig trat die Frau an den Schreibtisch heran und griff nach den beiden Rippen.

»Ich kann Ihnen leider keinen Besucherstuhl anbieten; auf dem hat vor ein paar Wochen ein Stockbesoffener durch seine Hose hindurch seine Notdurft verrichtet, leider Gottes ein größeres Geschäft, und ich tue mir den Papierkrieg nicht mehr an, einen neuen beim Stadtpolizeikommando zu bestellen.«

»Mein Bub wird aber nichts von der Sache erfahren, oder?«, fragte die Frau angstvoll. Von ihrem Schokoanteil hatte sie noch nichts gekostet.

»Jetzt genießen Sie die Schokolade aber wenigstens, wenn Sie sich dafür schon vor Gericht stellen lassen. Wie sind Sie übrigens auf Vanille-Heidelbeere gekommen? Es mögen ja nicht alle Leute weiße Schokolade.«

»Der Bub ist verrückt nach Heidelbeeren, aber natürlich können wir uns nie welche leisten. Nur diese Billigsdorfer-Heidelbeer-Joghurts, wo sicherlich alles Mögliche drin ist, nur keine echten Heidelbeeren.«

»Brauchen Sie vielleicht ein Papiertaschentuch?«

»Es ist mir wurscht, wie ich ausschaue. Auf eine Putze schaut eh keiner.«

Bedauernd stellte Gruppeninspektor Franz Grassmann in diesem Moment fest, dass er seinen Anteil an der Lindt-Schokolade bereits komplett aufgefuttert hatte. Er knüllte Papier und Alufolie rasch zusammen und ließ alles im Papierkorb zu seiner Linken verschwinden. Die Frau hatte erst ein kleines Stück von ihren Schokolade-Rippen abgebissen. Ein bisschen beneidete der alte Kieberer sie um ihren süßen Vorrat.

»So, also, ich lasse Sie jetzt durch den Hinterausgang hinaus, damit Sie dem Grobian nicht noch einmal in die Hände geraten. Und da haben Sie dreißig Euro – kaufen Sie dem Buben was dafür! Betonung liegt – wie Sie wohl wissen – auf kaufen!«

»Keine Anzeige? Sie schreiben jetzt keine Anzeige?«, kam die mehr als verblüffte Frage.

»Wie stellen Sie sich das vor? Eine Anzeige ohne Corpus delicti, ohne das Diebesgut? Bitte, wie soll das denn gehen?«, antwortete der Gruppeninspektor und bemühte sich vergeblich, nicht zu grinsen. Auch in seinen späten Jahren amüsierte es ihn immer noch königlich, wenn er wieder einmal von der Dienstvorschrift abwich. Als Kind hatte er sich die Heiligen so vorgestellt, keine verbiesterten Esoteriker, sondern Männer, die lachend ein Tabu brachen, zum Beispiel römisches Regierungseigentum, Militärgut an einen Underdog verschenkten. Dafür hatte seit eh und je keine Dienstvorschrift der Welt Verständnis gehabt.

Die Frau in dem unscheinbaren, billigen Kostüm lächelte zurück, sehr scheu und wie in einen zerbrochenen Spiegel hinein.

* * *

»Ich wollte Ihnen noch etwas sagen, Herr Inspektor ...«

Das Gesicht der Ladendiebin war zwar noch immer ziemlich verheult und vor lauter Aufregung dunkelrot wie mittelaltes, eingetrocknetes Blut, aber ihre Stimme zitterte nicht mehr, und auch das enervierende Schluchzen hatte aufgehört. Sie hatte die Türklinke bereits in der Hand, hatte sich aber noch einmal zu Gruppeninspektor Grassmann umgedreht.

»Sie brauchen sich nicht noch einmal zu bedanken«, antwortete der alte Kieberer unaufmerksam. Seit seiner langwierigen und schmerzhaften Scheidung vor einigen Jahren hatte er nicht mehr geschlafen, richtig geschlafen. An manchen Tagen hörte er seinen Gesprächspartner nur wie durch einen dicken Vorhang. Außerdem wäre er die Frau schon ganz gerne los gewesen, hätte sie längst durch die Hintertür in den Garten laufen lassen, da er erfreulicheren Besuch erwartete, heute an seinem letzten Tag.

Das Laidener Wachzimmer war in einem ehemaligen Bahnwärterhäuschen untergebracht, dem man schon vor Jahrzehnten die Bahn eingestellt hatte. Aus dem kleinen Wohnraum hatte man die Kanzlei gemacht, ein daran anschließendes Kabinett mit einem raumhohen Scherengitter geteilt und damit zur Zelle umfunktioniert, und in der Teeküche, die aber an sich Küche geblieben war, lagerte die spärliche Ausrüstung, von den Schneeketten für den Dienst-PKW über zwei, drei Absperrgitter bis zu einer ausrangierten Radar-Pistole ohne Batterien. Neben dem WC führte eine Hintertür in ein Gärtchen hinaus, in dem Grassmanns Vorgänger Stangenbohnen, Paradeiser und Melanzani gezogen hatte. Er hatte sich vor ziemlich genau zwei Jahren mit seinem Pistolengurt am Zellengitter erhängt. Im Stadtpolizeikommando hatte man danach Monate gebraucht, um einen geeigneten Kandidaten für eine Versetzung nach Laiden zu finden. Mit dem umfangreichen Sündenregister in seiner Personalakte war Gruppeninspektor Franz Grassmann sofort dieser Kandidat gewesen, als er sich einmal frühmorgens, wenn auch nur für eine Viertelstunde und das auch noch versehentlich und in dienstlicher Eile, auf den reservierten Parkplatz des Stadtpolizeikommandanten gestellt hatte.

»Der Security-Typ hat mich nach den Kassen abgefangen, ziemlich intensiv und für ihn lustvoll perlustriert und mich dann gleich nebenan in die Kanzlei zum Filialleiter geschleppt.«

»Zum Hohensinner ...«

Aus dem WC, neben dem sie standen, roch es etwas streng, bemerkte Grassmann leicht angewidert. Die Putzfrau hatte sich schon seit Wochen nicht mehr am Posten blicken lassen.

»Ich weiß nicht, wie er heißt – jedenfalls ein geschleckter, spindeldürrer Typ in einem teuren, grauen Business-Anzug und mit einer großkotzigen Krawatte. Sein Gang ist mir aufgefallen, alleine an seinem Gang würde ich ihn jederzeit wiedererkennen, so eine Art übertrieben federnd-kräftiger Schritt.«

»Ja, eindeutig der Hohensinner – Tennis, Spreizfüße und übergroßer Ehrgeiz.«

Die wäre, dachte Grassmann, nicht einmal eine schlechte Kriminalistin mit ihrer Beobachtungsgabe, trotzdem hält sie hier nur die Partie auf.

»Also, dieser Hohensinner hat mir zuerst einen Vortrag gehalten, dass man mich anzeigen und gerichtlich belangen wird. Die ganze Zeit hat mich dabei dieser ekelhafte Gorilla festgehalten, so dass mir bald der rechte Arm eingeschlafen ist. Der Hohensinner hat sich auch nach meinen Familienverhältnissen erkundigt und mir angedroht, dass ich das Sorgerecht für meinen Buben verlieren werde.«

Der, dachte der Gruppeninspektor, ist doch wirklich das Letzte. Er hatte sich eigentlich immer Kinder gewünscht, aber seine Frau hatte Wellness-Reisen, einen ungestörten Schlaf und einen flachen Bauch bevorzugt, bis es für sie beide zu spät gewesen war.

»Warum erzählen Sie mir das alles? Wenn der Typ ein Teddybär wäre, wäre er nicht Filialleiter, sondern eben ein Teddybär«, stellte Grassmann fest. Eigentlich dachte er aber daran, dass er mittlerweile einen zwar ein wenig wunderlichen, aber trotzdem fantastischen Opa abgeben würde.

»Hätten Sie eventuell etwas zu trinken hier?«

»Auf dem Posten? Jetzt übertreiben Sie es aber nicht, Gnädigste, und kommen Sie endlich auf den Punkt – wir haben schließlich nicht den ganzen Tag Zeit«, antwortete Grassmann missvergnügt. Aus dem Scheißhaus stank es immer schlimmer und er genierte sich dafür.

»Dann hat er mir gesagt, es gäbe eine Möglichkeit, das Ganze komplett zu vergessen, von einer Anzeige mit all ihren Folgen ganz und gar abzusehen. Dazu musste er allerdings seinen Hosenstall aufmachen und mir seinen Schniedel präsentieren. Das Ding war steif wie eine abgebundene Knackwurst.«

Es geht ja das Gerücht, dachte der Gruppeninspektor, dass

der Geilspecht auch seine weiblichen Angestellten immer wieder bedrängt, aber so viele Jobs gibt es auch wieder nicht in Laiden, dass sich schon eine auf dem Posten gemeldet hätte. Außerdem hat der Giga-Markt erst vor ein paar Monaten geöffnet, überlegte Grassmann, das macht sich gar nicht gut im Lebenslauf, wenn man gleich wieder abspringt.

»Was ist weiter passiert?«, fragte der alte Kieberer, der jetzt auch einen vertragen hätte, einen süßherben Dirndl-Schnaps etwa, den man hier in der Gegend brannte. »Aber natürlich müssen Sie nicht darüber reden, wenn Sie nicht wollen!«

»Er hat auf seiner Vorhaut eine große, unregelmäßige, dunkelbraune Warze, die irgendwie komisch aussah. Ich habe lachen müssen, hab ihn einfach ausgelacht.«

»Daraufhin hat er sein bestes Stück wütend eingepackt und Sie hierher auf den Posten verfrachten lassen?«

»Genau.«

»Ich würde mir den Hohensinner und seinen Gorilla ja gerne vornehmen aber wir beide haben ein Problem: Wenn Sie Anzeige gegen diesen Schweinigel erstatten, würden Sie sich quasi selbst als Ladendiebin deklarieren. Das ist immerhin ein Offizialdelikt, und der Staatsanwalt müsste ein Verfahren gegen Sie einleiten.«

Deswegen ist der Dreckskerl, ärgerte sich Grassmann, bisher auch immer durchgekommen mit seinen erpresserischen, sexuellen Nötigungen. Entweder haben seine Opfer mitgemacht bei seinen Sauereien, dann war er sowieso aus dem Schneider, oder eben nicht – dann konnten sie nichts gegen ihn unternehmen, ohne sich selber in die Pfanne zu hauen, weil er von einer Anzeige Abstand nahm. Meine Gesprächspartnerin, dachte der Gruppeninspektor, hat er dummerweise nur nicht laufen lassen, weil er sich über ihr Lachen geärgert hat.

»Deswegen wollte ich es Ihnen auch nur sagen ...«

»Ehrlich gesagt, könnte ich sowieso keine Anzeige mehr aufnehmen. Den Computer habe ich heute früh abgebaut und im Dienstwagen verstaut. Heute Abend gibt es diesen Posten nicht mehr.«

»Wo werden Sie hingehen?«

In der Stimme der Frau, so kam es Grassmann jedenfalls vor, lag eine Spur wirklichen Interesses.

»Noch drei Tage Resturlaub. Dann habe ich es hinter mir und bin ein freier Mann.«

»Ich meine, was werden Sie machen?«

»Ins Weinviertel fahren, Verwandte besuchen, dann wird man weitersehen.«

»Na dann …«

Gruppeninspektor Grassmann gestand sich einigermaßen verwundert über sich selbst ein, dass er sich ihren vollen Namen und ihre Adresse gemerkt hatte, obwohl er keinen einzigen Buchstaben aufgeschrieben hatte. Er hatte keinerlei Ahnung, warum er ihre Daten im Gedächtnis behalten hatte. Irgendwie aber, das fühlte er, würde er auch gerne den Namen ihres Buben wissen.

»Offiziell werden wir dem Hohensinner nichts ankönnen, aber …«

»Was, aber?«, fragte die Frau schnell.

»Eigentlich ist es nur eine verrückte Idee, die Sie nicht ernst zu nehmen brauchen, wirklich nicht. Ich meine, Sie könnten … aber natürlich müssen Sie nicht und ich würde es auch vollkommen verstehen …«

Der Gruppeninspektor stockte, brachte es nicht heraus, mit einem Mal kam ihm seine Idee fast genauso pervers vor wie Hohensinners Abartigkeiten.

»Was meinen Sie?«

Die Frau hat vielleicht mehr Mumm, dachte der Revierinspektor, als ich selbst.

»Sie könnten sich jetzt in das Café bei der BP-Tankstelle setzen – es ist gleich da vorne, keine hundert Meter in Richtung Harm – und die Geschichte dort einfach erzählen. Natürlich bringt das nicht wahnsinnig viel, aber mit der Zeit wäre es vielleicht so etwas wie der gesellschaftliche und geschäftliche Tod vom Hohensinner, wenn dauernd solche Sachen über ihn kursieren. Ich gebe Ihnen noch fünfzig Euro, damit Sie dort auch etwas konsumieren können. Nein, ich gebe Ihnen besser hundert, schmeißen Sie einfach eine Runde, dann wird man Ihnen auch zuhören!«

Der Gruppeninspektor hatte schon seine Geldbörse in der Hand. Als er der Frau zwei Fünfzig-Euro-Scheine hinhielt, kam es ihm wie ein angebotener Schandlohn vor. Er hatte sich schon mal besser gefühlt. Mir fehlen, dachte er, ein paar Jahre Schlaf, und da komme ich auf so Ideen, hetze die vielleicht in etwas hinein, was nur eine weitere Qual für sie sein wird.

»Mit größtem Vergnügen!«, kam die prompte Antwort.

Diese Reaktion hatte Grassmann nicht erwartet. In meinem Leben habe ich schon viel gesehen und viel erlebt, besonders im Polizeidienst, dachte er, aber dabei bin ich eigentlich dünnhäutig wie ein Kind geblieben.

* * *

Gruppeninspektor Franz Grassmann fühlte sich schwer wie ein Gebirge. Er saß in der Uniform, die er im übertragenen Sinne 38 Jahre lang getragen und die ihn 38 Jahre lang getragen hatte, auf dem abgewetzten, bei Regenwetter leicht quietschenden Rollstuhl hinter seinem abgeräumten Schreibtisch und wartete auf irgendjemanden, der ihn mit billigem Sekt und billigen Sprüchen in die Pension verabschieden würde, aber auch nach Mittag war noch niemand gekommen. Um nur ja keinen aus der Gratulanten-Schar zu verpassen, hatte er sogar darauf verzichtet, wie üblich im Café bei der einzigen Tankstelle Laidens zu Mittag zu essen, sondern sich stattdessen mit einer Handvoll Marille-Joghurt-Müsliriegel eingedeckt. Jetzt hatte er allerdings keinen Appetit mehr darauf. Ebenso wenig wie auf die angebrochene Packung Kürbiskerne, die irgendwo in der Küche noch herumliegen musste.

Als er vor eineinhalb Jahren nach Laiden strafversetzt worden war, hatte er sich keine großen Hoffnungen mehr gemacht, weder was seine berufliche Laufbahn noch was seine persönliche Zukunft betraf. Er hatte den Laidenern von Anfang an auch keinerlei Versprechungen gemacht und in einer abendlichen Vorstellungsrunde beim Kirchenwirt den Honoratioren gegenüber unmissverständlich klargestellt, dass er in ihrem Wachzimmer nur mehr die kurze Zeit bis zu seiner Pensionierung abzusitzen gedenke und im Übrigen nicht allzu sehr behelligt zu werden wünsche. Ein österreichisches Beamtenschicksal. Manchmal hatte er sich in dieser Zeit gewünscht, unvermutet im Schlaf zu sterben, aber die Grassmanns waren ein zähes Bauerngeschlecht, und der Schlaf mied ihn schon seit Langem. Das Wachzimmer in dem kleinen, unbedeutenden Stadtteil der Bezirkshauptstadt Harm, die noch 24 weitere Katastralgemeinden hatte, stand damals schon vor der Schließung und war seit Jahren, wenn nicht Jahrzehnten personell, zuständigkeits- und equipmentmäßig ausgedünnt worden. Er hatte ein möbliertes Zimmer über der einzigen Tankstelle des Ortes gemietet und nahm im Tankstellen-Café auch sämtliche Mahlzeiten ein, obwohl die Speisekarte nur wenige, genau gesagt exakt sieben Positionen umfasste, nämlich Serbische Bohnensuppe mit Gebäck, Bratwürstel mit Gebäck, Debreziner mit Gebäck, Saure Wurst mit Gebäck, Schnitzelsemmel, Grillspieß mit Pommes sowie Surschnitzel mit Pommes und gemischtem Salat. Extra konnte man Essiggurkerl und Pfefferoni bestellen, wovon der Gruppeninspektor auch öfters Gebrauch machte, um seinen Vitaminbedarf zu decken. Das Nachspeisenangebot bestand aus einer kleineren Tiefkühltruhe, aus der man Eskimo-Speiseeis entnehmen konnte, was aber nur die spärliche Laufkundschaft tat. Die Getränkekarte konzentrierte sich ebenso konsequent auf das Wesentliche, nämlich auf helles und dunkles Wieninger-Bier, auf roten und weißen Hauswein sowie auf Almdudler, Cola und Mineralwasser, vor allem für die Herstellung von Gespritzten und diversen Mischungen. Daneben hatte Svetlana, die Kellnerin, Köchin und quasi Geschäftsführerin, ein paar Flaschen Liköre, Weinbrände und Rum unter der Budel, die sie am Pächter, einem Harmer Würstelstandsbesitzer, der sich praktisch nie blicken ließ, vorbei an die Stammgäste stamperlweise vergreißelte. Die diversen Pago-Fruchtsäfte auf der Karte, das hatte der Gruppeninspektor bald heraußen, waren eigentlich eine Mystifikation und wurden außerdem sowieso höchst selten verlangt. Svetlana, eine bosnische Kroatin, trug die schwarze Kellnerinnenkluft aus tiefer Überzeugung, seit ihr Mann nach Kroatien gegangen war, um bei Vukovar gegen Milosevic zu kämpfen und niemals wieder zurückgekommen war. Seit dem Fall von Vukovar stand sie immer irgendwie neben sich selbst, was aber die Stammgäste des Cafés nicht störte. Für gewöhnlich kam der Gruppeninspektor nach dem Mittagsmahl spätestens um 15 Uhr ein zweites Mal und blieb bis zur Sperrstunde um Mitternacht. Er las die beiden ausgelegten Zeitungen Zeile für Zeile, trank dazu unzählige rote Gespritzte und war spätestens um 21 Uhr besoffen. Dann begann er von seiner Scheidung, von seinem patscherten Leben oder von seinem Dienstalltag im Laidener Wachzimmer zu erzählen und Otto Kapeller und Bertl Faustenhammer, die beide im Tankstellen-Café quasi wohnten, ja lebten, hörten zu, während Svetlana Geschirr spülte, das Wareneingangsbuch führte oder in schwarzen Träumen versank.

Manchmal, aber nur manchmal kam es dem Gruppeninspektor beinahe vor, als hätte er wieder so etwas wie eine Familie gefunden, und das in seinen späten Jahren.

* * *

Trotz des finanziellen Handicaps eines jahrzehntelangen Notstandshilfebezuges hatte Otto Kapeller alle 4461 Ansichten von Harm und dessen sämtlichen Stadtteilen und Katastralgemeinden gesammelt, die in fast eineinhalb Jahrhunderten als

Ansichtskarten erschienen waren. Er wusste um den Wert seiner Kollektion, für die so mancher Sammler einen Mord begangen hätte, und hielt sie in zwei Schließfächern bei einer Bank. Als er sein Sammlungsziel erreicht hatte, begann er mit den Dubletten, die ihm übrig geblieben waren, zu handeln. Mittlerweile lebte er davon, kaufte und verkaufte alte Ansichtskarten en gros und en detail. Sein Geschäftslokal war das Laidener Tankstellen-Café, wo er von früh bis spät residierte und Käufer und Verkäufer empfing. Mehr als eine Aktentasche, eine große, starke Lupe und etwas Bargeld waren hierfür nicht vonnöten. Bis 16 Uhr trank er für gewöhnlich sechs, sieben kleine Braune und Leitungswasser, danach Rotwein in Maßen. Zur Zeit der ersten Mondlandung etwa hatte man ihn noch den ›schönen Otto‹ genannt und er hatte so viele Frauen gehabt, wie er nur gewollt hatte, aber nie eine richtige Beziehung, die länger gehalten hätte als ein paar Nächte. Mittlerweile hatte das Koffein tiefe Linien in sein schmales, längliches Gesicht gegraben und ihn so erschreckend mager wie eine Gottesanbeterin gemacht. Er hielt sich aber streng aufrecht und trug immer ein dezent kariertes Sakko mit buntem Seiden-Gilet, weil er das seinem Geschäft zu schulden glaubte. Irgendwann hatte er eine Biografie des Heiligen Hieronymus gelesen und hätte durchaus daraus zitieren können, wollte aber nicht als intellektuell, in Laiden ein furchtbarer Fauxpas, erscheinen, nur das nicht. Im Übrigen konnte man sich auf ihn verlassen und er vergaß nie etwas.

Bertl Faustenhammer war ein stämmiger, schwerer Mann mit prächtigem Silberhaar und blitzblauen Augen. Ein schmaler, sorgfältig ausrasierter Mongolenbart gab ihm etwas Exotisches. Er war jahrzehntelang Lastwagenfahrer für eine Molkerei gewesen und hatte das Gefühl, sein Leben weitgehend verpasst zu haben. Die Pensionierung vor wenigen Jahren hatte ihn umgeworfen, wie wenn ihn eine Verschublok auf einem ungesicherten Bahnübergang gerammt hätte, der größte anzunehmende Unfall in seinem früheren Beruf. Besonders konnte er sich nicht daran gewöhnen, seine Göttergattin, die er während seiner Berufstätigkeit nur an den Abenden und Wochenenden zu Gesicht bekommen hatte, nun gleichsam rund um die Uhr um sich zu haben. Er begann im Keller seines Laidener Einfamilienhauses verbissen mit Gewichten zu trainieren und die Nachmittage und Abende außer Haus zu verbringen. Im Tankstellen-Café fand er schließlich einen Platz, an dem er sich ungestört und extensiv den diversen Sportkanälen im Fernsehen widmen konnte, um dann bis spät in die Nacht den Unglücksgeschichten des ›zuagrasten‹ Gruppeninspektors zu lauschen. Er hatte das Gefühl, endlich mitten im Leben zu stehen.

Die Dämpfe der Tankstelle, die Grassmann tagaus, tagein einatmete, verwirrten ihn manchmal mehr als der Wein, was er aber nicht dieser simplen Ursache, sondern seinem zunehmenden Alter zuschrieb. Er bekämpfte diese Erscheinung für gewöhnlich mit Cola-Rum, dem Getränk seiner Jugend, und war manchmal so müde, dass er daran zweifelte, seinen immer näher rückenden Pensionierungstermin überhaupt zu erleben. Manchmal kam Svetlana nach der Sperrstunde mit nach oben in sein Zimmer und liebte ihn auf ihre steinern-traurige Art. Danach tranken sie meistens bis zum Morgengrauen Cola-Rum und sie rauchte indonesische Zigaretten, die sie von ihrem verderbten Neffen erhielt und die dem Geruch nach zu schließen wohl so ziemlich alles enthielten, was die Drug Enforcement Agency für verbotenes Teufelszeug hielt.

* * *

Laiden war eine uralte Ansiedlung, aus der aber nie etwas geworden war. Immerhin hatte Martin Luther den protestantischen Grundherren des Dorfes zwei Briefe geschrieben. Im Zuge der Gegenreformation wurde der lokale Adel enteignet und der Großteil der Bevölkerung nach Salzburg vertrieben oder abgeschlachtet. Der Rest waren unter den Taufstein gezwungene, misstrauisch-schleimige Pseudo-Katholiken, die obrigkeitlichen Organen gegenüber fortan mit stiller Aufsässigkeit und bösartiger Hinterfotzigkeit agierten. Der Zorn wurde über Generationen weitergegeben, bis im letzten Krieg deutsche und sowjetische Artillerie einen Gutteil der Dorfbewohner zerfetzte und ihre windschiefen Keuschen und winzigen Höfe in Schutt und Asche legte. Ende der Vierzigerjahre wurde das elende Trümmerfeld von den Harmern eingemeindet und die neuen Herren legten direkt am Ufer des Flusses, der Laiden am westlichen Rand des Ortsgebietes streifte, die zentrale Mülldeponie für den ganzen Bezirk an. Um die Laidener für den infernalischen Gestank zu entschädigen, der von da an den Stadtteil vor allem im Sommer zudeckte, steckte man ein paar Ortsbewohner in Uniformen und machte sie zu unkündbaren Müllkutschern mit Pensionsanspruch. Andere aus dem Ort lebten neben ihren kleinen Landwirtschaften bis weit in die Sechzigerjahre davon, den Bezirksmüll nach verwertbaren Reststoffen wie etwa Alteisen und Kupfer, Papier und Karton zu durchsuchen. Anfang der Siebzigerjahre hatte sich irgendein Ministerium endlich zur Rechtsansicht durchgerungen, dass eine riesige, völlig ungesicherte Mülldeponie direkt neben einem Fließgewässer und vor allem inmitten des zweitgrößten Grundwasserreservoirs des Bundeslandes eigentlich nur in Nigeria zulässig wäre. Die Harmer errichteten darauf in einer aufgelassenen Ziegelgrube hart an der Stadtgrenze zu Gerersdorf unwillig eine neue Deponie und deckten die hektargroßen Müllgruben in Laiden notdürftig mit ein paar hundert LKW-Fuhren Schotter und Humus ab. Die riesigen, nun nicht mehr benötigten Reservegründe für eine eventuelle Deponie-Erweiterung, die sie in den Jahren zuvor nach und nach erworben hatten, verschleuderten sie zu Dumpingpreisen an finanzschwache Häuslbauer, denen es nichts ausmachte, dass Methan und allerlei übler Brodem in die flachen Keller drang, die sie verbissen an den Wochenenden ausgehoben und aufgemauert hatten. In den Achtzigerjahren wurden von einer

Wohnbaugesellschaft, die nicht mehr wusste, wohin mit dem Kapital, am Ortsrand vier skurril-gigantomanische Plattenbau-Hochhäuser errichtet, die so abgrundtief hässlich waren, dass bald nur mehr Leute darin wohnen wollten, die sich die Miete und die Betriebskosten eigentlich nicht leisten konnten. Die Einwohnerzahl Laidens vervielfachte sich innerhalb weniger Jahre, aber es galt lange als Stadtteil, in dem sich nur Bundesheer-Vizeleutnants, Eisenbahner und Sozialfälle einigermaßen wohlfühlen konnten.

Das Stadtpolizeikommando hatte Laiden jedenfalls längst aufgegeben. Kein Dienstführender oder Leitender hatte sich in den letzten eineinhalb Jahren am Posten blicken lassen. Nicht einmal Funkstreifenbesatzungen kamen mal auf einen Kaffee oder einen Plausch bei Gruppeninspektor Grassmann vorbei. Den monatlichen Gehaltszettel und die hochtrabenden Verlautbarungen der Personalvertretung bekam er per Mail. Alle paar Monate trudelten ein paar neue, kafkaeske Verordnungen des Innenministeriums und diverse Rundschreiben des Stadtpolizeikommandos, die er auch nach wiederholter Lektüre in ihrer juristisch-jesuitischen Rabulistik nicht verstand, auf dem Postweg in Laiden ein. Nur einmal in eineinhalb Jahren wurde der Gruppeninspektor vom vorgesetzten Kommando telefonisch aufgefordert, sich an einer regionalen Alarmfahndung zu beteiligen. Gehorsam stellte er sich an ein Ortsende von Laiden und hielt ein paar Autos auf. Der gesuchte flüchtige Harmer Bankräuber war allerdings in keinem von ihnen.

* * *

Das Meiste, was Gruppeninspektor Franz Grassmann am Diensttelefon des Wachzimmers Laiden zu hören bekam, war eher nicht druckreif. Manche redeten auch gar nichts in den Hörer und rülpsten einfach hinein. Vor allem für die Laidener Jugend war es seit jeher ein wichtiges Ritual des Erwachsenwerdens, Juxanrufe am Posten zu tätigen und mehrmals am Tag diverse Ufos und Raubüberfälle, Doppelmorde und Kettensägen-Massaker zu melden. Der Gruppeninspektor hatte es sich angewöhnt, in derlei Fällen kommentarlos aufzulegen und unternahm auch keinerlei Anstrengungen, die Nummern zurückzuverfolgen und die Anrufer etwa auszuforschen. Es gab auch eine Alzheimer-Patientin, die ihn jeden Tag schüchtern nach Datum und Uhrzeit fragte und nicht glauben konnte, dass er nicht ihr Sohn Hans sei. Viele Anrufer beschwerten sich einfach nur bitterlich über ihre Nachbarn, ohne dass Grassmann für gewöhnlich den geringsten Grund sah, den kleinlichen Gehässigkeiten nachzugehen und vor Ort einzuschreiten. Hin und wieder wurde er zu rabiat ausgetragenen Ehezwistigkeiten gerufen, und das waren für ihn, der selbst einen veritablen Rosenkrieg hinter sich hatte, die schlimmsten Einsätze. Mehrmals verhängte er über schwer betrunkene Männer, die gerade dabei waren, ihre Wohnzimmer, ihre Frauen und ihre Existenzen zu verwüsten, resolut Betretungsverbote für die jeweilige Ehewohnung und kontrollierte diese Anordnungen penibelst. Wenn er einen dieser Wüteriche danach innerhalb eines Radius von einem halben Kilometer von seinem früheren Heim erwischte, packte er ihn, schloss ihn mit Handschellen schmerzhaft kurz und verfrachtete ihn für gewöhnlich dreißig Stunden in die Zelle am Wachposten. In dieser Zeit gab er dem jeweiligen Häftling nichts zu trinken und nichts zu essen; das brachte alle wieder runter. Wenn der Mann allerdings auch noch die Frechheit besaß, im Kotter zu lärmen und zu randalieren, ging Grassmann zu ihm in die Zelle und schlug ihm wortlos in den Bauch und in den Unterleib, wobei er peinlichst genau darauf achtete, nicht die Nieren zu treffen. Es war dies die dunkle Rückseite der seltsamen Heiligkeit des Gruppeninspektors. In dieser Zeit nahm er sämtliche Patronen aus dem Magazin seiner Glock 17, weil er befürchtete, sich eventuell zu etwas hinreißen zu lassen. Er tat die Munition und auch das volle Reservemagazin in eine versperrbare Schreibtischschublade, eine Patrone steckte er in das Münzfach seiner Geldbörse. Er glaubte fest daran, sich wieder unter Kontrolle zu haben.

* * *

Der Gummibaum, das Porträt des Bundespräsidenten und das altertümliche Tischtelefon würden hierbleiben. Seinen Schreibtisch hatte der Gruppeninspektor schon gestern Nachmittag ausgeräumt. Er war jetzt leer, peinlich sauber, er wirkte so traurig wie kupierte Hundeohren. Den ganzen Tag war wider Erwarten niemand gekommen, um ihn in die Pension zu verabschieden, kein einziger Laidener, nicht einmal Otto Kapeller und Bertl Faustenhammer. Wort- und grußlos entließ ihn auch die Republik aus ihren Diensten, kein Offizieller, kein Uniformträger hatte sich am Posten blicken lassen, nicht einmal der Sekretär jener Gewerkschaft, der er 38 Jahre lang Beiträge gezahlt hatte. Mit einem wütenden Ruck riss der Gruppeninspektor das Kabel aus dem Festnetzapparat. Er blickte zum unter mattem Glas gerahmten Foto des Bundespräsidenten, das noch immer an der Wand hing. Auch keine große Hilfe, dachte er, ein unglaublich jovialer, sympathisch-diplomatischer Mann, von dem es hieß, dass er Zeit seines langen politischen Lebens bei hitzigen Diskussionen und kontroversen Themen jede, auch die wichtigste Sitzung verlassen und auf dem Klo so lange zugewartet hatte, bis sich die Lage wieder entspannt hatte.

Mit schmerzendem Kopf, wieder einer seiner Anfälle, stand ihm plötzlich fotografisch genau die alte Eisenbahnbrücke zwischen Wagram und Harm vor Augen, eine böse Botschaft der Toten. Durch die schlammigen Fluten des Flusses unter der Brücke war ein Häufchen verzweifelter Schutzbündler in der Kälte des Februars 1934 unter Beschuss gegen Heimwehr-Stellungen am stadtseitigen, am Harmer Ufer vorgerückt. Da war die Revolution in Wien, in Linz und in der Obersteiermark schon verloren gewesen und der Angriff der Aufständischen aus Wagram ist schließlich auch unter schweren Verlusten im Ufersand des Flusses im wahrsten Sinne des Wortes versandet.

Ganz gegen seinen Willen erinnerte sich der Gruppeninspektor plötzlich daran, wie er hier in Laiden angesichts zweier spätpubertärer Rotzlöffel versagt hatte, weil er es nicht gewagt hatte, gegen sie einzuschreiten. Während seines peinlichen Versagens bei dem gemeingefährlichen Laidener Duo, dachte Grassmann, war sein eigener, sein Wagramer Großvater wahrscheinlich im Grab rotiert. Mit einem halb verrosteten Weltkriegskarabiner in der Faust, den er erst ein paar Stunden zuvor aus dem eigenen Gemüsegarten gebuddelt hatte, aber ohne Patronen, war der 1934 im berühmt berüchtigten Gefecht um die Harmer Brücke gegen gut verschanzte Heimwehrler mit gut funktionierenden, weil geölten Mannlicher-Gewehren angestürmt. Der Idiot, dachte Gruppeninspektor Grassmann, hatte auch noch den winterlich kalten Fluss zu überwinden, um endlich die ersehnte Feuertaufe zu erhalten. Dabei hatten sie ihm nach ein paar Metern im Wasser die linke Wade weggeschossen, und das war noch ein Glück, denn alle, die im verzweifelten Sturmschritt bis ans andere Ufer nach Harm gekommen waren, wurden schließlich massakriert. Manche im direkten Bajonettkampf, Mann gegen Mann. Nur, dass halt die Angreifer überhaupt keine Bajonette hatten, nicht einmal wie gesagt genug Patronen für ihre paar veralteten Weltkriegskarabiner. Alle Teilnehmer an diesem sinnlosen Scharmützel, dachte der Gruppeninspektor, sind längst tot, und vor allem hat dieses Gefecht um die Brücke laut den schriftlichen lokalhistorischen Quellen – und Grassmann kannte sie alle – niemals stattgefunden. Nur mein Großvater, dachte der alte Kieberer, hat meinem Vater immer wieder bis zum Überdruss davon erzählt. Ihn hat halt der ausbleibende Nachruhm gestört, bis er im Herbst 1943 im Keller des heutigen Harmer Stadtpolizeikommandos von der Gestapo erschlagen worden ist. Der eigentliche familiäre Aberwitz, dachte der alte Kieberer, war aber, dass mein zweiter Großvater vom stadtseitigen Ufer aus auf die durch den Fluss Heranstürmenden geschossen hat. Romeo und Julia, erinnerte sich Grassmann, war eine Komödie gegen das, was meine Eltern mitgemacht haben.

Niemand weiß das mehr, dachte der Gruppeninspektor. Wenn ich Leute auf der Gasse fragen würde, was der Ausdruck Schutzbund bedeutet, würden sie nur den Kopf schütteln oder irgendetwas von einer Rechtsschutzversicherung daherschwafeln. Die aggressiv-wütenden Gene meiner Großväter sind aber wahrscheinlich alle in mir, gestand sich Grassmann ein, während die Schmerzwellen in seinem Kopf langsamer abrollten und schwächer wurden; ich könnte einen Menschen umbringen, ohne mit der Wimper zu zucken, wenn ich davon überzeugt wäre, dass es halbwegs gerechtfertigt wäre. In einer anderen Nacht hätte es anders ausgehen können, in einer anderen Nacht hätte er die zwei jugendlichen Rabauken und ihre Schicksen möglicherweise attackiert.

* * *

Das bullige Honda-Coupé fuhr mit Vollgas und aufgeblendeten Scheinwerfern auf den Schranken zu und legte kurz davor eine Vollbremsung hin, die dem amtierenden Rallyeweltmeister alle Ehre gemacht hätte. Auf jeden Fall krampften sich die Herzkranzarterien des Gruppeninspektors, der sich gerade wenige Meter davon entfernt hinter einem Hollerbusch erleichtert hatte, vor Schreck schmerzhaft zusammen. Der Beifahrer, ein kräftiger, baumlanger Kerl, stieg gelassen aus. Er hatte ein riesenhaftes Brecheisen in der rechten Hand, mit dem er das Vorhängeschloss am Schranken einfach aufzwängte, ja sprengte. Den Fahrer konnte der Gruppeninspektor nicht erkennen, aber auf den Rücksitzen saßen offenbar zwei weibliche Teenager mit verzweifelt auftoupierten, aufgegelten Haarschöpfen. Die beiden kicherten wie hochgradig gestörte

Makaken. Der Gruppeninspektor wunderte sich, dass er das Nummernschild am Heck problemlos ablesen konnte, obwohl er das Gefühl hatte, seine unendlich müden Augen wären zugenäht von einem Schneiderlehrling im ersten Lehrjahr. H*HYPE 1. Die hatten sich nicht einmal die Mühe gemacht, die Kennzeichen mit ein bisschen Dreck oder Staub zu beschmieren.

Selber schuld, dachte der alte Kieberer, wenn ich zur Geisterstunde auf diese spätpubertäre, wilde Jagd treffe – was treibe ich mich auch zu nachtschlafener Zeit in dieser elenden Au herum, in der man keine Menschenseele hört, kein Tier, kein einziges Wesen, nur hin und wieder den auf- und abschwellenden Lärm von der nahen Autobahn? Wenn der Gruppeninspektor nämlich wieder einmal nicht schlafen konnte, stand er um eins oder halb zwei in der Nacht auf, schlüpfte in seine nach Wein riechende Uniform und patrouillierte sozusagen durch den Ort, der sich wie ein überlanger, nicht sehr fetter Bandwurm linksufrig entlang des Flusses und seiner Au zog. Da in den uralten Dienstwagen des Postens bereits mehr Öl als Benzin zu tanken war und Grassmanns meistens beachtlicher Promillegrad sowieso keine Autofahrt mehr zuließ, promenierte er wie ein alter Marabu mit Meniskusschäden ziel- und planlos die Dorf- und Siedlungsstraßen entlang. Bei diesen nächtlichen Gängen fühlte er sich den Heiligen, die er in seiner Jugend schwärmerisch bewundert hatte, sehr nahe. Was seine Augen mit den Jahren schlechter geworden waren, glich eine starke MagLight-Stabtaschenlampe aus, die er für gewöhnlich mit sich herumschleppte, ohne sie allzu oft einzuschalten. Manchmal bemerkte ein halbwacher Schläfer, den seine volle Blase aufgeweckt hatte, aus einem geöffneten Klofenster den ziellos herumwandernden Inspektor. Diese nächtlichen Wachgänge, für die die verzweifelten Spaziergänge des Schlaflosen gehalten wurden, begründeten das bisschen Ansehen, dass der alte Kieberer bei der Bevölkerung genoss. Manche Laidener allerdings begannen den nächtens fast schon omnipräsenten Gruppeninspektor zu fürchten, diesen ihrer Meinung nach versoffenen Sonderling, der sich ansonsten dem gesellschaftlichen Leben im Ort komplett verweigerte, das sich vor allem im Extrazimmer des Kirchenwirts und im Versammlungssaal des alten Gemeindehauses abspielte. Bei praktisch allen Einladungen vom Feuerwehrball über die regelmäßigen Ausstellungseröffnungen der Kleintierzüchter bis hin zum Krampuskränzchen des Verschönerungsvereines hatte der Kieberer bisher durch Abwesenheit geglänzt, aber in den Nächten schlich er lautlos durch den Ort, beinahe wie ein Untoter, fanden sie, der keinen Frieden finden konnte. Nur ganz wenige wussten, dass der Gruppeninspektor so manche Nacht sogar ein Stück weit in die Auen im Osten vordrang, obwohl ihm auch mit der starken Taschenlampe nicht ganz wohl dabei war. Meistens tat er dies allerdings nur, um garantiert ungesehen seine Blase entleeren zu können. Zeit seines Lebens hatte er unter einer Art Eichhörnchenblase, wie er es nannte, gelitten –, ein gutes Zehntel seines bisherigen Lebens, so kam es ihm jedenfalls vor, hatte er auf Pissoirs oder hinter irgendwelchen Büschen verbracht.

Wenn ich jetzt die Patrone aus dem Geldbörsel nehme, die Glock durchlade und einschreite, überlegte der Gruppeninspektor, habe ich es, sozusagen im dunklen Tann und ein paar hundert Meter vom nächsten Haus entfernt, mit vier wilden, jungen Leuten zu tun, die sich einen Dreck um die Regeln scheren und denen offenbar nicht einmal das eigene Leben viel wert ist, geschweige denn meines. Wenn die dann auch noch die Autoscheinwerfer ausschalten, überlegte er, ist es mit meinem Schusslicht perdu, und ich stehe auf der Rückseite des Mondes allein zwei mehr als 40 Jahre jüngeren, mit einer Brechstange und mit was weiß ich sonst noch bewaffneten Burschen gegenüber. Wenn die mich zusammenschlagen und hier liegen lassen, dachte Grassmann, haben mir morgen Früh ein Fuchs oder ein Dachs mindestens einen Knöchel weggefressen, wenn mich bei meinem Pech nicht vorher schon die beiden Mädchen mit ihren Stöckelschuhen totgetreten haben. Der Gruppeninspektor ließ die Patrone in der Geldbörse und hockte sich vorsichtig hin, damit ihn nicht noch ein vazierender Lichtstrahl streifte und decouvrierte.

Die meisten Laidener Familien spendierten ihren Söhnen pünktlich zum sechzehnten Geburtstag den Führerschein und schenkten den hoffnungsvollen Sprösslingen gleich auch noch PS-starke, japanische Coupés dazu. Das gehörte zur lokalen Folklore wie das Krampustreiben, das Wildbaden am Fluss und der sommerliche, gelsenstichige Geschlechtsverkehr in den Auen. Die Sohnemänner wussten mit den übermotorisierten Boliden meist nichts Besseres anzufangen, als sich und andere im Straßenverkehr mehr oder weniger schwer zu verletzen oder gar umzubringen. Davor unternahmen die meisten von ihnen allerdings noch als eine Art machohaften Initiationsritus auf dem kurzen Autobahnabschnitt zwischen Laiden und der Ausfahrt Harm-Süd die eine oder andere Geisterfahrt – ein Kilometer Höchstgeschwindigkeit auf der Gegenfahrbahn, ein Kilometer pures Adrenalin! Dazu knackten sie einfach das Schloss eines Schrankens in der Laidener Au, der den Weg zur betriebseigenen Autobahnauffahrt der Straßenmeisterei versperrte. Zum Glück kam der Name Laiden, dachte der Gruppeninspektor, im Zusammenhang mit Geisterfahrer-Warnungen so gut wie nie im österreichischen Verkehrsfunk vor, weil immer nur vom Autobahnabschnitt Harm bzw. Harm Süd die Rede war.

Dorian Dafert allerdings, der ungebärdige Sohn des Kirchenwirtes, der bereits sämtliche Verkehrsregeln und Mädchenherzen im weiten Umkreis gebrochen hatte, übertrieb es doch ein wenig. Dem Vernehmen nach unternahm er diese für ihn und andere lebensgefährliche, nächtliche Geisterfahrt mindestens einmal pro Woche und galt für einen verfluchten Kerl, zumindest in seiner meschuggenen Peergroup. Offenbar stimulierte das Autobahn-Adrenalin bei ihm die Testosteron-Ausschüttung, wobei er einen stetig hohen Spiegel für seine zahlreichen Begattungsverpflichtungen unbedingt benötigte.

Plötzlich gab der Fahrer des Coupés, in dem der Gruppeninspektor plötzlich den Dafert-Jungen erkannte, wie ein Irrer Vollgas, auf die Autobahn zu. Es würde mir nicht einmal etwas ausmachen, fuhr es dem Gruppeninspektor durch das Hirn, und er schämte sich schon den Bruchteil einer Sekunde danach dafür, wenn die Trotteln dabei draufgehen, nur keinen unschuldigen Gegenverkehrsfahrer sollte es treffen.

* * *

Zum letzten Mal hob Gruppeninspektor Franz Grassmann die einfache Eingangstür zum Wachzimmer ein wenig in die Angeln, um sie ganz schließen zu können. Er drehte den Schlüssel zweimal um. Nur nicht zurückschauen, dachte er. Am Gehsteig vor dem niedrigen Zaun zu einem lächerlichen, kleinen Vorgarten, den Grassmann ebenso wie sein ganzes Leben einfach hatte verwildern lassen, lungerte der alte Palmetzhofer herum.

»Die Bomben …«, murmelte der Alte und blickte den Gruppeninspektor unheilschwanger an wie in einem mit Rudolf Prack verfilmten Wildererdrama von Ganghofer.

Die Bomben waren sein Mantra, sein ewiges Thema, seit er Mitte der Fünfzigerjahre angeblich vier Stück davon auf der damaligen Mülldeponie neben dem Fluss vergraben hatte, mit ein paar Kollegen von der damaligen Autobahn-Baugesellschaft, die alle schon unter der Erde waren. Die amerikanischen Fliegerbomben waren beim Autobahnbau im Bereich von Laiden aus dem Schotter gebuddelt worden, und als verantwortlicher Polier hatte der damals junge Palmetzhofer seiner Firma Kosten und Verzögerungen ersparen wollen. Auf einer Fuhre Bauschutt waren die gefährlichen Blindgänger mit einem Opel Blitz zur städtischen Deponie transportiert worden und dort gegen ein bisschen Schmattes aus der schwarzen Baukasse verbuddelt worden, ein Himmelfahrtskommando, das zum zentralen Lebenserlebnis von Simon Palmetzhofer geworden war. Erst nach seiner Pensionierung hatte er darüber zu reden begonnen, was aber nicht einmal die offiziellen Stellen besonders bekümmert hatte, da über die alte Mülldeponie längst Gras und schütterer Auwald gewachsen war, auch wenn der Boden an manchen Stellen noch immer Methan und Faulgase entließ und manchmal unheimlicherweise um einen halben oder ganzen Meter absackte.

»Ja, mei«, antwortete Gruppeninspektor Grassmann, »alles zu spät, Palmetzhofer.«

Ganz im Gegensatz zu seinem Vorgänger hatte er die Erzählungen des Alten ernst genommen und war vor ein paar Monaten gemeinsam mit diesem das Gelände der ehemaligen Deponie Meter für Meter abgegangen, was Stunden gedauert hatte, da so ziemlich alle Gelenke des weit in den Achtzigern stehenden Bauarbeiters arthritisch waren, außer vielleicht die beiden Kiefergelenke. Eigentlich war es ein Wunder, dass er überhaupt noch gehen konnte. Palmetzhofer hatte sich aber trotz aller Mühen nicht mehr an die genaue Lage der Stelle erinnern können, an der er und seine Kollegen die Fliegerbomben verbuddelt hatten.

»Die Bomben werden roglat, Herr Inspektor! Ich spüre es direkt!«

»Ich bin echt nicht mehr zuständig, Palmetzhofer, ich bin für gar nichts mehr zuständig. Ihr müsst schon sehen, wie ihr hier ohne mich zurechtkommt«, bedauerte Grassmann und ließ den Alten mit einem müden »Habe die Ehre« vor dem versperrten Wachzimmer stehen.

* * *

Als er mit rauchendem Motor, der wieder einmal mehr Öl als Benzin verbrannte, vor dem Garagentrakt an der Rückseite des Stadtpolizeikommandos Harm stand, konnte sich Gruppeninspektor Grassmann nicht im mindesten erinnern, wie er hierher gekommen war. Die fünf, sechs Kilometer Fahrt von Laiden nach Harm und alles, was er dabei gesehen und gehört haben musste, waren wie ausgelöscht. Komplett weg. Der Gruppeninspektor fühlte sich mit einem Mal wie eine tote Schwalbe, die eklatante Fehlleistung erschreckte ihn zutiefst. Er blieb im Wagen sitzen und rauchte sich mit zitternden Händen die letzte Zigarette aus einer halben Packung an, die er vor rund einem Jahr in Laiden einem eifrig pofelnden Elfjährigen abgenommen und beschlagnahmt hatte. Seither lagen die Tschik im Handschuhfach des Dienstwagens, und weil er nichts Besseres damit anzufangen gewusst hatte, hatte er alle heiligen Zeiten einmal eine davon geraucht. Was würde der alte Haninger, dachte er plötzlich, nun ohne ihn anfangen? Der, ein pensionierter Hauptschullehrer, war weit über achtzig und fuhr jeden Sonntag Mittag mit seinem vorsintflutlichen VW Derby die fünfzig Meter von seinem Wohnhaus bis zum Kirchenwirt, erstens weil er das schon immer getan hatte und zweitens vor allem weil seine Ehefrau es seit über 60 Jahren gewohnt war, von ihm sonntags zum Essen chauffiert und ausgeführt zu werden. Nach einem frugalen Mahl, das immer aus je einem halben, ausgelösten Backhendl mit Erdäpfelsalat bestand, setzte er sich mit seiner Gattin wieder in seinen Derby und düste mit einem Höllentempo von circa fünfzehn Kilometer pro Stunde nach Hause. Seine Osteoporose war derart schlimm, dass er die wenigen Meter zum Eingang des Gasthauses so tief gebückt ging, wie wenn er eine Münze auf der Straße verloren hätte und angestrengt danach suchen würde. Grassmann hatte von seinem Vorgänger ein noch nicht abgeschlossenes Verfahren zum Führerscheinentzug aus Alters- und Gesundheitsgründen geerbt. Er deponierte den Akt allerdings, nachdem er die Umstände erkundet hatte, in der Rundablage und beantragte stattdessen beim städtischen Verkehrsamt in Harland einen Behindertenparkplatz direkt vor der Eingangstür des Kirchenwirts. Die Haningers hatten ihn darauf zum

Backhendlessen zu sich nach Hause eingeladen, und er hatte einige Stunden lang eine mehr als umfangreiche Sammlung von Lilienporzellan und Swarovski-Kristallfiguren einzeln bewundern müssen.

* * *

»Den Kofferraum kann man halt nicht mehr versperren. Der Auspuff hat ein kleines Loch, aber die Dezibel halten sich noch in Grenzen. Die Batterie läuft im Winter manchmal leer und bringt die Leistung nicht mehr. Und die automatischen Fensterheber rechts sind nicht mehr so wirklich automatisch, sprich die bleiben öfters hängen, und man bringt sie nicht mehr hoch und es zieht herein. Ansonsten läuft er aber ganz tadellos, wenn man öfters Öl nachfüllt.«

»Wurscht«, antwortete der Garagenmeister des Stadtpolizeikommandos Harm und blickte skeptisch auf den polizeiweißen Opel Astra, vorvorletztes Modell, den ihm Gruppeninspektor Grassmann eben zurückgestellt hatte. »Der Kübel wird sowieso außer Dienst gestellt. Ebenso wie Ihr ganzer Posten.«

»Übrigens, warum haben Sie die ganzen Schäden nicht gemeldet?«, fragte der Bezirksinspektor noch. Er füllte einen akkurat gebügelten, fleckenlos dunkelblauen Werkmeister-Anzug prall aus. Noch keine vierzig, dachte der Gruppeninspektor, und schon Bezirksinspektor. Seine Montur sieht aus, als ob er darin noch nie einen Handschlag getan hätte. Kein Wunder, dachte er, wenn die hier nichts mehr reparieren, sondern die Dienstwagen gleich verschrotten, sobald der Aschenbecher das erste Mal voll ist.

Weil ich mir, sagte sich Grassmann insgeheim, den Papierkrieg ersparen wollte mit Idioten wie dir, werter Kollege.

»Mir wäre es recht, Kollege, wenn wir hier weiter tun, weil ich noch in die Waffen- und die Kleiderkammer muss«, sagte Grassmann stattdessen.

»Eh klar«, lachte der Bezirksinspektor, »wer keine Zeit hat, das sind immer die Pensionisten, nicht?!«

Der neue Lebensabschnitt fing ja gut an, wenn man sich banale Witzchen Jahrgang 1927 anhören musste.

»Wenn einmal der älteste Witz gesucht wird, können Sie den einreichen, ganz sicher«, knurrte der Gruppeninspektor.

»Oha, aber sehen Sie, Sie sind nicht der Erste, dem sich die Galle zusammenkrampft an seinem letzten Tag«, sagte der Werkmeister«, »Papiere, Erste-Hilfe-Set, Wagenheber?«

»Alles im Kofferraum, genauso wie der übrige Krempel vom Posten. Und jetzt habe die Ehre, sonst renne ich morgen in der Pension noch immer herum im Ehrenkleid des uniformierten Bundeswachkörpers.«

»Die Schlüssel könnten Sie mir noch dalassen und hier zweimal unterschreiben.«

»Wenn es weiter nichts und damit kein Zeitschriftenabo verbunden ist – ich werde ja kaum Zeit zum Lesen haben in der Pension.«

»Jetzt reiten Sie nicht so darauf herum, war ja nur ein Scherz«, versuchte der Werkmeister zu kalmieren.

Um seine Dienstwaffe für immer loszuwerden, musste der alte Kieberer weit mehr Papiere unterschreiben, insgesamt sieben an der Zahl. In der Kleiderkammer entledigte er sich in einer Ecke seiner Uniform und gab auch seine zweite Garnitur ab. Er schlüpfte in dunkelgrüne Jeans und ein ungebügeltes Poloshirt, die er in einem Sackerl mitgebracht hatte. Auf den Gängen zwischen den Referaten, die er aufzusuchen hatte, begegnet ihm niemand, den er kannte. Er schaute sogar in den dritten Stock, zum Bürotrakt des Stadtpolizeikommandanten, aber dort war schon Feierabend. Das ganze Büro war geschlossen, weil der Herr Polizeidirektor in der Regel bald nach der Mittagspause zum Golfen ging und für gewöhnlich nicht mehr zurückkam. Nicht einmal den einzigen Mord, der in meiner Amtszeit in Laiden passiert ist, haben sie mich aufklären lassen, diese feinen Herren, die alles besser wissen, dachte Franz Grassmann verbittert vor der repräsentativen Tür zum Bürotrakt des sportlichen Kommandanten. Er blickte sich kurz um, öffnete schnell seinen Hosenstall und pinkelte genussvoll gegen das edle Mahagoni-Furnier.

Hoffentlich werde ich nicht verrückt, dachte er gequält. Dann tröstete er sich mit dem Gedanken, die auch ihm unverständliche Handlung als Akt der Rache abbuchen zu können, der späten Rache für seinen Großvater, der irgendwo in diesem Gebäude, in dem einst die Gestapo residiert hatte, zu Tode geprügelt worden war.

* * *

Sein Nachbar hatte den alten Gamerith mit dem Auto zum Posten gebracht, die Frau des unbewegten, verwahrlost wirkenden Altbauern habe Selbstmord durch Ertrinken in der hofeigenen Senkgrube begangen. Aus dem Witwer war kein vernünftiges Wort herauszubringen gewesen, er hatte nur hin und wieder gemurmelt, dass seine Frau ihm immer nur Eierspeis' gekocht habe, alle Tage nur Eierspeis', noch dazu mit viel zu wenig Zwiebeln und so gut wie niemals mit Schnittlauch. Das war sein Mantra, mit dem er eine erste Befragung durch Gruppeninspektor Grassmann überstand, während der Nachbar, eine Charge bei den Laidener Florianijüngern, mit seinem Handy nach der Feuerwehr telefonierte, um Frau Gamerith aus ihrem schaurigen Grab bergen zu können. Da ein Kapitalverbrechen zumindest möglich schien, hatte der Gruppeninspektor die Kriminalpolizei beim Stadtpolizeikommando verständigt und war dann mit Gamerith auf dem Rücksitz zum Tatort, also zum Hof des Alten aufgebrochen. Der Neo-Witwer hatte noch zweimal auf die mangelnden Kochkünste seiner Frau hingewiesen, war aber ansonsten stumm und unbewegt wie ein toter Fisch geblieben.

Gleichzeitig mit der Feuerwehr und einem Wagen des Stadtpolizeikommandos Harm mit dem Kripochef Major Kornus waren sie am Gamerithschen Hof angekommen. Der Major, eine hoch aufgeschossene, blasse und von Natur aus nervöse Gestalt in einem abgenutzten, schwarzen Anzug und einem ebensolchen Hemd kommandierte mit ausufernden Handbewegungen und einer seltsam sägenden Stimme sofort fahrig herum und ließ seine beiden Assistenten im Laufschritt den ganzen Hof durchsuchen, während die Laidener Feuerwehr bereits mit schwerem Atemschutz versuchte, die Leiche aus der Senkgrube zu bergen, was keine leichte und vor allem keine angenehme Aufgabe war.

In dem völlig vernachlässigten Gehöft, das aussah, als würde es der Schnee des nächsten Winters zusammendrücken wie eine feuchte Bananenschachtel, hatten nur der alte Gamerith und seine Frau gelebt. Es gab praktisch nur 25-Watt-Birnen und jede Menge Gerümpel darin, Bauern vom alten Schlag warfen schließlich nie etwas weg. In der Fassade waren noch etliche, vor Jahrzehnten gerade mal notdürftig überkalkte Spuren des Infanteriefeuers vom letzten Krieg zu sehen, sämtliche Möbel und alles Inventar, bis auf einen Fernseher, waren wohl noch vor dem Krieg angeschafft und niemals erneuert worden. Normalerweise befand sich, wie der alte Gamerith angab, ein Beton-Gewicht auf dem Deckel der Senkgrube, das nur mit Hilfe eines Traktors anzuheben war. Da der Altbauer aber vorgehabt hatte, die Senkgrube demnächst zu leeren, hatte er das Gewicht am Vortag entfernt und gleich auch den Tankwagen und ein paar Schläuche bereitgestellt. Neben dem weggeschobenen Deckel und dem offenen Einstiegsschacht standen fein säuberlich nebeneinander gestellt die abgetragenen Hausschlapfen von Frau Gamerith. Das und dass Major Kornus' Assistenten schließlich eine Unmenge von Psychopharmaka im Badezimmerschränkchen der Toten fanden, gab schließlich den Ausschlag, Kornus erklärte den Todesfall überraschend schnell zum zweifelsfreien Freitod und machte sich mit seinem kriminalpolizeilichen Überfallkommando auch schon wieder davon, wahrscheinlich um nur ja nicht einen Teil der

Mittagspause zu verpassen. Im starren, maskenhaften Gesicht des Altbauern rührte sich kein einziger Nerv, kein einziger Muskel bei den hektischen und apodiktischen Erklärungen des Kripochefs. Nur die Geschichte mit der Eierspeis' erzählte er nicht mehr.

Man durfte den alten Gamerith nicht unterschätzen, fand der Gruppeninspektor als Einziger. Vor 20, 30 Jahren, als alle wie verrückt die neuesten Traktoren und einen eigenen Mähdrescher gekauft hatten, hatte der, erzählte man sich in Laiden, spottbillig Wasserrecht um Wasserrecht erworben. Wenn irgendwelche Erben alles hergaben, ganze Höfe in Laiden und Umgebung verscherbelten, hatten sich alle auf das Grünland gestürzt, das heute nicht mehr viel wert war, auch auf die Maschinen, und die alten Gemäuer hatten Wiener Zahnärzte und Marketingmenschen gekauft, um sich Wochenend-Domizile einzurichten. Als Letzter, hatte Grassmann oft erzählen gehört, war dann immer der alte Gamerith bei den Erben erschienen und hatte kleinere, aber nicht unrunde Summen für etwaige Wasserrechte geboten, sprich für ein paar Papiere, die manchmal noch aus dem 14., 15. Jahrhundert stammten, aber allesamt in den aktuellen Gerichtskatastern verbrieft waren. Damals hatten ihn alle ausgelacht, aber seit sich vor ein paar Jahren eine mittelständische Brauerei mit riesigem Wasserbedarf zwischen Laiden und Harm angesiedelt hatte, lachte keiner mehr. Der alte Gamerith galt inzwischen als der mit Abstand reichste Bauer von Laiden. Vielleicht war er sogar der reichste Mann in ganz Harm, auch wenn seine ganze Erscheinung dieser Vermutung heftig spottete. Aber von wohlhabenden Leuten, dachte der Gruppeninspektor, kann man das Sparen, ja das Knausern lernen, und von alten Bauern sowieso.

Inzwischen hatten die Feuerwehrleute eine ganze Menge von Stricken und Seilen an dem Leichnam in der Senkgrube befestigt und durch den engen Einstiegsschacht, der durch eiserne Trittsprossen noch wesentlich verengt war, nach oben gezogen. Sämtliche Spuren, die von einem eventuellen Totschlag oder Mord herrühren konnten, waren damit durch eine Vielzahl von Post-mortem-Verletzungen überlagert, ja vernichtet worden, darüber hinaus hatte die ätzende Jauche ein Übriges getan, um kriminalistische Feinheiten wie eine DNA-Analyse eher sinnlos erscheinen zu lassen. CSI Laiden wurde bei diesem Fall halt nicht gespielt. Außerdem hatte sich der Kripochef sowieso schon festgelegt, und gegen einen Major Kornus, das wusste der Gruppeninspektor, war nicht anzukommen, nie und nimmer. Die Polizei, das hatte ihn seine Berufserfahrung gelehrt, war eben eine hierarchische, eigentlich paramilitärische Organisation, und es kam nicht darauf an, wer richtig lag, sondern wer Recht hatte, und Recht hatten praktisch immer nur die Offiziere und die Polizeijuristen, auf jeden Fall die Ranghöheren.

Als die städtische Bestattung und die Feuerwehr und ein paar schaulustige Nachbarn längst abgezogen waren, sagte der Gruppeninspektor leise zum Altbauern, der noch immer starr und unbewegt, wie verloren und nicht abgeholt ein paar Meter neben dem Einstiegsschacht stand: »Ich bin mir ziemlich sicher, dass Sie sie umgebracht haben!«

»Schleich dich von mein Hof, Kieberer, zuagraster!«, zischte der alte Gamerith. »Wennst einmal zwanzigtausend Tage lang Eierspeis' gefressen hast, kannst wiederkommen!«

»Ich weiß eh, dass ich nicht das Geringste mehr unternehmen kann, aber sagen Sie mir nur, warum.«

»Seit sechzehn Jahren war sie bei den Irrenärzten in Behandlung. Sie hat mehr Pulver gefressen wie eine kranke Kuh, wie ein Stall kranker Kühe! Wissen Sie überhaupt, was das kostet?!«

Der Gruppeninspektor konnte sich nicht im Mindesten über dieses indirekte Geständnis freuen, vor allem, weil es für ihn und für niemanden verwertbar war.

»Ich wünsche Ihnen wenigstens schwarze, bittere Albträume, Gamerith, jede Nacht, die Sie noch in Ihrer verdammten Ruine verbringen werden, bis Sie endlich selbst Jauche sind, so eine stinkende Suppe mit Ihrem ganzen gierigen, sierigen

Gedärm!«, sagte der Gruppeninspektor und wandte sich ab. Ohne noch ein Wort zu verlieren oder sich noch einmal umzudrehen, ging er in Richtung seines Dienstwagens. Der alte Gamerith rührte sich noch immer nicht.

»Meine Welt wird sich nicht viel ändern, Kieberer!«, rief ihm der Altbauer nach. »Ich hab ihre Pulver nämlich seit Jahren mitgefressen, damit es auch mit mir schneller geht!«

* * *

Was die Altvorderen Sünde nannten, meinen manche, sei gemeinhin nur das Ergebnis von Einsamkeit, Angst und Verzweiflung und werde eigentlich von an sich guten Menschen begangen. Das Böse, das wirklich Böse, sei mit diesem Begriff nicht zu fassen, es bliebe sich immer gleich und kenne keine verzweifelten Zustände wie eben Furcht und Depression, Krankheit und Niedergeschlagenheit, Isoliertheit und Angst vor einem Alleinsein, das nie endet. In einem furchtbaren Stolz, einer glühend-infernalischen Reinheit kenne es nur sich selbst und sei auch völlig von sich selbst und seinen vergangenen und künftigen Taten erfüllt und überzeugt. Dies und jenes überlegte jedenfalls Franz Grassmann, als er das Stadtpolizeikommando durch den Haupteingang verließ und der Wache in ihrer gläsernen Loge zunickte, wobei ihm, da er keine Uniform mehr trug, nicht gedankt wurde. Mögen in Dreiteufelsnamen die Heiligen entscheiden, dachte er, was es mit diesem Gamerith wirklich auf sich hat. Im Übrigen fühlte er sich schon ein wenig seltsam in der Zivilkleidung, die er seit Jahren nicht mehr getragen hatte. Selbst getraut worden war er in der Ausgehuniform, auf die er damals noch stolz war, an die er zutiefst geglaubt hatte als die einzige Verkörperung der Ordnung in einem weitgehend verkommenen Staat, in dem seit jeher der Unterschleif und die Freunderlwirtschaft, der Proporz und die Unkorrektheit und ein versteckt-perfider Hass aller gegen alle regiert hatten. Zuletzt, glaube er sich erinnern zu können, war er zu den Verhandlungsterminen in seiner Scheidungssache in Zivil erschienen und hatte sich dabei sehr schlecht, geradezu miserabel gefühlt, was natürlich nicht nur an der Kleidung gelegen hatte.

Gegenüber dem Stadtpolizeikommando, nur getrennt durch eine viel befahrene Straße, die jahrhundertealte westliche Stadtausfahrt zur Bundesstraße nach Linz, befand sich in einer ehemaligen, hochherrschaftlichen Jugendstil-Villa, die nun völlig desolat war und der man schon vor Jahren den Josef-Hoffmann-Zierverputz abgeschlagen hatte, um dem Denkmalschutz ein für allemal ein Schnippchen zu schlagen, neben einer riesigen geschotterten Parkfläche das Gasthaus »Zur Remise«. Warum der jetzige Pächter sein Beisl so genannt hatte, wo doch in Harm seit Jahrzehnten keine Straßenbahn mehr verkehrte, war Grassmann schleierhaft. Vielleicht war Remise ja nur ein anderes Wort für Endstation, und das war das Stadtpolizeikommando zweifellos für viele gewesen, nicht nur in der Zeit der Harmer Gestapo, die in den Kriegsjahren sogar einen eigenen Trainer angestellt hatte, um ihre Beamten auch körperlich fit für das Prügeln und Foltern zu halten. Zu Mittag wurde das Lokal vor allem von Polizisten frequentiert, aber jetzt, am späten Nachmittag, herrschte gähnende Leere in den beiden Gasträumen. Holzgetäfelte, dunkle, verrauchte Wände, dunkelbrauner Linoleum-Fußboden, Tische, Bänke und Sessel in einer Art Pseudo-Tiroler Bauernstil, blau-weiß karierte Tischtücher, als Tischschmuck Wimpel des Polizeisportvereines und abgestoßene Raiffeisen-Aschenbecher, zwei, drei Kuckucksuhren an den Wänden, in einer Ecke eine Pokalvitrine mit Schnickschnack und Trophäen des Polizeisportvereines, ein Zigarettenautomat, Spucknäpfe und ein offenbar neuerer Automat für Glückssteine. Im Schankraum saßen nur ein älteres Paar, das heftig über nichts und alles stritt, und ein glatzköpfiger Schüler, der Bier schlürfte und konzentriert irgendein elektronisches Gerät, vielleicht einen Gameboy, malträtierte.

Grassmann setzte sich in den zweiten, komplett leeren Gastraum und wartete ungeduldig auf die Bedienung. Die kam relativ bald, ein vierschrötiger, verlebt wirkender Mann mittleren Alters mit schmutzigblondem Haarschopf, einer dunkelgrünen, speckigen Kellnerschürze und Händen wie Klodeckel.

»Doppelter Cognac«, bestellte Grassmann, der Zivilist.

»Auch was zu essen? Die Speisekarte?«, fragte der Kellner mit einer Freundlichkeit wie ein Vertreter für illustrierte Bibeln. Wahrscheinlich hatte er gerade irgendeinen Kundenservicekurs in der Handelskammer absolviert, ansonsten führten die Bedienungen in Harm für gewöhnlich ein strenges Regiment, und die Gäste hatten zu parieren, wenn sie je wiederkommen wollten.

»Sehe ich so aus?«, antwortete Grassmann.

Als der vierschrötige Kellner den Cognac gebracht hatte, hatte Grassmann ihm das Glas aus der Hand genommen und auf Ex ausgetrunken.

»Das Gleiche noch einmal«, orderte er.

Der Kellner betrachtete zunächst das leere Glas, blieb neben dem Tisch stehen und beäugte dann eingehend auch den Gast.

»Kollege, du siehst aus, als könntest du heute eine Frau brauchen!«

»Das hätte mir zu meinem Glück noch gefehlt!«, antwortete der Neo-Pensionist missverständlich

»Na, sage ich doch! 200 Euro, dafür macht die aber auch Sachen … Mhm!«

»Ich habe es mir anders überlegt … die Rechnung, Freundchen, ich habe nämlich keine Lust, deine Schwester oder deine Mutter zu bumsen.«

»Nicht frech werden, Opa, nur nicht frech!«, meinte der Kellner und hatte plötzlich einen ledernen Totschläger in der Hand. Er schlug damit demonstrierend ein, zwei Löcher in die Luft.

Grassmann schleuderte den Tischwimpel samt Holzständer

in seine Richtung und versuchte, vom Sessel hochzukommen. Dann krachte das Matterhorn auf ihn nieder und er vermeinte zu spüren, wie Cognac durch seine Nasenlöcher spritzte. Oder Blut, dachte er noch, mein Blut …

* * *

Mit dem eingetrockneten Blut auf seinem Poloshirt hatte ihn kein Busfahrer einsteigen lassen, die Blutkrusten unter seiner Nase und die großflächigen Schmutzflecken auf seiner Hose hatten auch nicht gerade zu seiner Vertrauenswürdigkeit als harmloser Passagier beigetragen. Die Fahrgäste im Bus hatten ihn angesehen wie Erbrochenes im Rinnstein. Sie hassten ihn alle dafür, dass er den Fahrtantritt für ungefähr fünf Sekunden verzögerte. Außerdem hatte ihm der schlagkräftige Kellner offenbar das Geldbörsel ausgeräumt, inklusive Münzgeld, also wäre es sowieso nichts mit einer Busfahrt gewesen, denn gratis war heutzutage nur der Tod, und selbst der kostete das Leben. Also hatte sich Franz Grassmann schließlich zu Fuß nach Laiden aufgemacht – über den Kreisverkehr den Schulring entlang bis zum Neugebäudeplatz und dann die Bundesstraße unter die Beine genommen – und war dort etwa gegen 19 Uhr 30 eingetroffen, erschöpft und bitter, mit Salz auf den Lippen und mit Schmerzen in seinem Kopf, der gerade mal noch im Notbetrieb halbwegs funktionierte. Eingedenk seiner Erscheinung hatte er sich durch den Hintereingang der BP-Tankstelle, eigentlich durch das Kunden-WC und den angrenzenden Materialraum für die Putzfrau, in seine Kammer über dem Tankstellen-Café geschlichen, ohne auf einen Sprung zu Svetlana, dem schönen Otto und Bertl vorbeizuschauen. Der dritte Hintereingang an diesem desaströsen Tag, dachte Grassmann, der sich nach der Auseinandersetzung mit dem Kellner auf der Rückseite des Gasthauses »Zur Remise«, am Boden zwischen Mülltonnen liegend, wiedergefunden hatte. Als finale Demütigung hatte der Amateur-Zuhälter offenbar eine halbe oder ganze Mülltonne voller Unrat über den am Boden liegenden Bewusstlosen ausgeleert.

In seinem möblierten Zimmer hatte es Grassmann gerade noch geschafft, das ruinierte Poloshirt und die Jeans in der Duschtasse zu deponieren und seinen zerschlagenen Körper ins Bett zu wuchten, bevor er zu seiner Verblüffung und zum ersten Mal seit vielen Jahren sofort einschlief, tief, erschreckend tief und traumlos, ein Quarzkorn in der Wüste, über dem die Sonne für eine Nacht starb.

* * *

Als Grassmann zäh und schneckenlangsam mit Schleim im Rachen und Salzkristallen auf den Wimpern erwachte, war es noch immer dunkel. Recht lange, dachte er, kann ich ja noch nicht geschlafen haben, wie bringe ich bloß den Rest der Nacht rum, wo es doch jetzt mit den nächtlichen Patrouillen Essig ist. Wenn er die ohne Uniform unternähme, das wusste er, konnte leicht ein Unglück passieren; in letzter Zeit hatte es immer wieder vereinzelte Einbrüche in die pompösen Wochenendhäuser, aber auch in das eine oder andere Bauernhaus gegeben, die er ebenso lust- wie erfolglos untersucht hatte. Wie leicht, überlegte er, schießt mir irgend so ein ängstlicher Schlafwandler die Beine mit Schrot weg, weil er mich für einen Einbrecher hält. Mitten in diesen unerfreulichen Überlegungen über seinen nunmehrigen Zivilstand tastete er nach dem Schalter der Nachttischlampe und knipste diese an. Die Tür des schmalen Kleiderkastens neben seinem Bett stand sperrangelweit offen und fast seine gesamten Hosen und Hemden und Jacken lagen überall im Zimmer herum. Vielleicht habe ich ja im Schlaf, dachte er verzweifelt, nach meiner Uniform gesucht, offensichtlich bin ich jetzt tatsächlich verrückt geworden. Im schwachen, dunkelgelben Licht der Lampe sah er auch seine Schuhe neben der halb offenen Tür stehen. Na ja, mich wird schon keiner stehlen, dachte er, fragte sich aber im gleichen Moment erschrocken, ob er, ohne es jetzt noch zu wissen, draußen gewesen war und ob zu seinen sonstigen Altersbeschwerden jetzt auch noch das Schlafwandeln dazu gekommen sei. Musste er mit Alzheimer rechnen oder gar mit einem Schlaganfall gleich am ersten Tag seiner Pension oder mit noch etwas Schlimmerem? Die Gesundheitsseiten der beiden Zeitungen, die er immer las, waren jedenfalls meistens voll von selten-seltsamen Horrorkrankheiten; schon die reine Lektüre, musste er sich eingestehen, schien bei ihm manchmal allerlei Symptome hervorzurufen, und vielleicht war er ja disponiert für irgendetwas. Oh, Gott, dachte Grassmann, lass mich nicht so vor die Hunde gehen, so hirnlos und unbewusst wie eine blöde Meeres-Qualle, deren Tentakel von allem Möglichen bewegt werden, nur nicht von so etwas wie dem eigenen Willen.

Er tastete nach der Armbanduhr, die er vor dem Schlafengehen nicht abgenommen hatte, und riskierte einen Blick darauf. 22 Uhr 30. Er beschloss sich anzuziehen und noch auf einen Sprung ins Tankstellen-Café hinunterzuschauen. Besser als schlaflos im Bett zu liegen und sich einen Knopf in die Wirbelsäule zu drehen.

* * *

»Dass man dich auch wieder mal sieht, Inspektor!«, grinste Bertl Faustenhammer. »Na, wo sind wir denn gestern gewesen?«

Der Spielautomat im Tankstellen-Café, ein sogenannter einarmiger Bandit, war bereits von Svetlana abgestellt worden, über den Fernseher liefen träge Bilder von einem Sumo-Turnier. Otto Kapeller hockte an seinem Stammtischchen mit Stößen von schwarzweißen Ansichtskarten vor sich und trank bereits Straßer Zweigelt aus einem weißlich-schlierigen Achtelglas. Auf Faustenhammers Tischchen gleich daneben befanden sich nur ein riesiger, fast voller Aschenbecher und zwei leere Flaschen Bier. Der ehemalige LKW-Chauffeur nahm sich wie gewöhnlich das Recht heraus, seine Hopfen- und Malz-Ration proletenhaft-selbstbewusst aus der Flasche zu trinken. Nicht etwa, weil der Geschirrspüler des Tschecherls meistens verstopft oder kaputt war, sondern weil es ihm eigenem Bekunden nach besser schmeckte, und vor allem, weil es ihm Spaß machte, Otto Kapeller, der sich für gewöhnlich wie ein Gentleman verhielt, liebevoll zu provozieren. Ein bisschen hatte ihn auch der Gruppeninspektor für diese ganz und gar nicht mitteleuropäischen Trinksitten verachtet, aber jetzt dachte er daran, dass der Bertl immerhin noch seinen Verstand beisammen hatte, was bei ihm selbst, dem Neo-Pensionisten, vielleicht nicht mehr ganz so der Fall war.

»Gestern?«, knurrte Grassmann. »Und ›Inspektor‹, damit du es weißt, gibt's keinen mehr.«

»Na, gestern haben dich diese heiligen Hallen ja überraschenderweise nicht gesehen … oder, Svetlana?« Faustenhammer blickte hilfesuchend zur Kellnerin, die hinter der Budel bereits den obligaten roten Gespritzten für den ehemaligen Gruppeninspektor mischte und im Übrigen nur still mit dem Kopf nickte.

»Wir wollten schon die Bergrettung zu dir raufschicken«, scherzte Kapeller. »Aber dann haben wir halt gedacht, dass du irgendwo in Harm … eine kleine Tour mit deinen Kollegen …«

»Die Sau rauslassen, Kampftrinken mit dem Stadtpolizeikommandanten oder so!«, sekundierte Faustenhammer grinsend.

»Ich war nicht … nicht hier?«, fragte der Neo-Pensionist leise.

»Den ganzen Tag nicht und auch nicht am Abend. Nicht, Svetlana?«

»Ein bisschen angerührt sind wir schon, dass du den ersten Tag von deiner Pension offenbar irgendwo anders gefeiert hast«, meinte Kapeller und begann, die Ansichtskarten, die allesamt in transparenten Schutzhüllen steckten, ordentlich und mit Bedacht in seine Aktentasche zu schichten.

Svetlana stellte dem Gruppeninspektor den Gespritzen auf den Tisch und legte die beiden Zeitungen dazu, die er immer las. Grassmanns Blick fiel auf das Datum auf der ersten Seite eines der Blätter.

»Am ersten Tag von meiner Pension habe ich mich auch so gefühlt … so richtig matschig!«, sekundierte Faustenhammer.

»Heute ist der 26.?«, fragte Grassmann erschrocken.

»Der wievielte soll denn sonst sein?!«, meinte Kapeller trocken. »Ab einem gewissen Alter bekommen einem halt die Sauftouren nicht mehr so – willkommen im Club!«

»Du hast dir aber ordentlich die Birne angehauen, Inspektor, wenn du nicht einmal das Datum mehr weißt!«, meldete sich Faustenhammer zu Wort, der erst jetzt die schwarzroten Blutkrusten auf Grassmanns Vorderkopf und Stirn bemerkte. »Zünftig! Das war ja offenbar ein ordentliches Besäufnis mit den Harmer Kieberern!«

»Nicht mehr als ein doppelter Cognac, und ich bin früh ins Bett und ab da weiß ich nichts mehr …«

Wenn das stimmt, was die sagen, dachte Grassmann, müsste ich 25 oder 26 Stunden lang geschlafen haben. Das kann es doch nicht geben – was passiert bloß mit mir?

»Was ist das?«, fragte Grasmann plötzlich und deutete auf einen braungrauen, einfach gerahmten Stahlstich, der an der Wand hinter der Schank hing und offenbar einen greisen, irgendwie verschlagen blickenden Mönch mit weißem Rauschebart und mächtig vielen Haaren darstellte, der auf einem antiken Schreibtisch wie besessen schrieb. »Wer ist das bloß? Das Bild war doch gestern noch nicht da, oder doch?«

»Jetzt reg dich nicht auf, Herr Gruppeninspektor«, beruhigte Kapeller. »Das ist nur der Heilige Hieronymus, den ich der Svetlana geschenkt habe. Mich hat das kahle Eckerl hinter der Schank irgendwie schon immer gestört, und jetzt braucht man auch nicht mehr auszumalen dort.«

»Obwohl die ganze Bude das schön langsam dringend nötig hätte«, meldete sich auch Faustenhammer, der Praktiker, zu Wort.

»Jetzt hör schon auf, Bertl, wie soll die Svetlana das schaffen, wenn der Pächter doch nur kassiert und kassiert und nichts investiert in die Bude?!«, blockte Kapeller ab.

»Ja, eh.«

»Der Heilige Hieronymus?«, fragte Grassmann erstaunt.

»Der Heilige Hieronymus, ja! Was dagegen?«, replizierte Kapeller.

»Nein, ich meine nur, dass er gestern noch nicht dort gehängt ist.«

»Irrtum, mein Lieber, gestern habe ich ihn für eine Karte vom Viehofener Kinderheim eingetauscht und der Bertl hat ihn auch gleich aufgehängt«, meinte Kapeller.

»Dann habe ich tatsächlich mehr als 25 Stunden geschlafen!«, sagte Grassmann erstaunt und mehr zu sich selbst als zu den beiden anderen.

»Was sagst du?«, fragte Faustenhammer. »Inspektor, du musst lauter reden, wir werden schließlich alle nicht jünger.«

Plötzlich stand Svetlana unvermutet hinter dem Gruppeninspektor und strich ihm langsam über den vertrockneten Schorf auf seinem Kopf und seiner Stirn.

»Wo er sich das wieder geholt hat, unser Inspektor …«, meinte der ehemalige LKW-Fahrer und pfiff leise durch seine Zähne.

»Inspektor gibt's keinen«, insistierte Grassmann verzweifelt.

* * *

»Dabei ist gestern ganz schön was passiert!«, sagte Bertl Faustenhammer und hielt eine leere Bierflasche in die Höhe, für Svetlana ein untrügliches Zeichen für Nachschub zu sorgen.

»Was?«, fragte Grassmann schnell und nahm einen tiefen Schluck von seinem vierten Spritzer.

»Na zum Beispiel, dem Dafert Dorian sein aufgemotzter Bolide ist gestern komplett ausgebrannt!«, erzählte Faustenhammer. »Ist halt keine Qualität, was die in Hokaido so zusammenschrauben.«

»Simpler Motorbrand, kommt leider immer wieder vor, auch bei abgestellten Fahrzeugen«, relativierte Otto Kapeller den Sensationswert der Nachricht.

»Und vorher ist der Bursche, als er so um halb acht aus dem Haus gegangen ist, um nach Harm in die HTL* zu fahren, auch noch gegen eine Dachlatte oder gegen einen Baseballschläger gelaufen. Jedenfalls hat ihm irgendwer vor seinem Elterhaus hinter einer mannshohen Thujenecke aufgelauert, ihm einen Kartoffelsack übergezogen und ihm dann kräftig eins übergebraten. Was heißt eins, das war schon ein ganzer Schüppel ...«, berichtete Faustenhammer genussvoll.

»Einfache Wadenbeinbrüche an beiden Beinen, so heißt es jedenfalls, auch Elle und Speiche vom rechten Arm werden wohl eine Zeit lang nicht mehr zu gebrauchen sein«, informierte der schöne Otto sachlich.

»Der wird das Geisterfahren auf der Autobahn wohl für längere Zeit sein lassen müssen, und vielleicht wird die Dummnuss bis dahin sogar ein bisschen gescheiter!«, meinte Faustenhammer enthusiasmiert.

»Mein Gott, ich den ersten Tag in der Pension und der volle Kriminalfall ...«, murmelte der Ex-Gruppeninspektor.

»Iwo, gar kein Kriminalfall – die Eltern vom Dafert haben nicht einmal Anzeige erstattet, weil sie glauben, das war der Vater oder der Bruder oder der Freund von einem der Mädchen, denen ihr Sohnemann ein Kind angehängt hat. Da gibt es ja einige Aspiranten ...«

* HTL (Höhere Technische Lehranstalt) bezeichnet die berufsbildenden Technischen Schulen in Österreich.

»Aber irgendein Arzt im Krankenhaus muss doch Anzeige erstattet haben!«, protestierte der alte Ex-Polizist.

»Den Badern im Spital haben sie einfach gesagt, der Bub ist beim Ausbau vom Dachboden des ehemaligen Schweinestalls ausgerutscht und halt ein paar Meter nach unten gestürzt. Der Dorian hat sich dagegen nicht verwehren können, den haben sie erst mal in einen künstlichen Tiefschlaf versetzt.«

»Woher wisst ihr beide das alles überhaupt?«, fragte Grassmann.

»Meine Güte, Inspektor, die Abreibung ist doch seit gestern Tagesgespräch in Laiden, obwohl die Sache mit dem Hohensinner auch nicht ohne ist!«, antwortete Faustenhammer.

»Was ist denn noch passiert?«, fragte der Neo-Pensionist voll böser Vorahnung.

»Das Beste hast du auch verpasst? Das weißt du auch noch nicht?«, meinte Faustenhammer lachend. »Das Zumpferl vom Hohensinner haben sie angetackert, mit einer Heftmaschine an einen Werbeständer vom Giga-Markt!«

»Oh Gott, jetzt brauche ich mindestens noch einen Spritzer!«

»Ja, das Blut soll auch ziemlich gespritzt haben, und der Hohensinner hat geschrien wie am Spieß unter dem Nylonsackerl über seinem Kopf, und dann hat eh gleich wer die Rettung angerufen.«

»Ist er …? Hat er überlebt?«, fragte Grassmann angstvoll.

»Geh bitte, Inspektor, der braucht doch nur ein bisserl eine Hauttransplantation auf seinen Schniedel, der halt nicht mehr ganz so ansehnlich sein wird nachher, haha!«, lachte Faustenhammer aus vollem Hals.

»Am Hintereingang vom Giga-Markt sollen sie ihm um circa 19 Uhr aufgelauert haben, wie er das Geschäft absperren wollte«, informierte Kapeller sachlich.

»Ein paar Meter weiter weg steht die große Werbetafel mit den hölzernen Pfosten …«, sagte Grassmann mehr zu sich selbst als zu den beiden anderen, »*Giga-Markt – Giga-geil.*«

»Ja, genau das steht drauf auf dem Ding«, bestätigte Faustenhammer noch immer lachend.

»Eine halbe Stunde später war schon der Major Kornus da mit seinen Schackeln, aber sie haben offenbar nichts gefunden. Und Zeugen gibt es auch keine«, berichtete Kapeller. »Der Supermarkt steht ja am Ortsende, und speziell auf den Hintereingang sieht keiner wirklich hin von den Anrainern.«

»Meiner Seel' …«, bestätigte Grassmann noch immer fassungslos die gut gewählte Örtlichkeit des Anschlages.

»Die werden sich alle noch zurücksehnen nach dem Posten und nach dem Gruppeninspektor Franz Grassmann!«, sagte Kapeller irgendwie sehr steif und sehr ernsthaft.

Inspektor, dachte Grassmann, gibt's keinen.

»Blöd ist nur, dass die halbe Ortschaft voller Journalisten war, weil, dass sie einem bei lebendigem Leib den Schniedelwutz antackern, das hat es in Niederösterreich noch nicht gegeben, direkt ein Novum ist das …«, bemerkte Faustenhammer ein klein wenig nachdenklich und wandte sich wieder dem Fernseher zu, in dem ein neuseeländisches Cricket-Turnier übertragen wurde. Der ehemalige Chauffeur war wahrscheinlich der einzige Mensch hierzulande, der sich bei diesem Sport auskannte.

Den Schädel sollte ich mir wegsaufen heute oder am besten gleich mein ganzes erbärmliches Leben, dachte der Neo-Pensionist, bei all dem, was ich offenbar angerichtet habe, und ich weiß nicht einmal etwas davon, nichts, gar nichts, mein Kopf ist so leer wie die Kassa des Finanzministers.

* * *

Grassmann hatte Svetlana noch nie nackt gesehen, obwohl sie gelegentlich mit ihm schlief, wortlos und unvermutet. Bevor sie ihn in seinen betrunkenen Nächten auf ihre stille und schwermütige Art liebte, drehte sie an seiner altertümlichen Nachttischlampe, der der Schirm fehlte, die Glühbirne ein wenig heraus. Den Lichtschalter bei der Zimmertür betätigte sie dagegen nie, immer drehte sie mit bloßen Fingern die heiße Glühbirne heraus, ohne sich zu verbrennen oder jedenfalls Schmerz zu zeigen. Wahrscheinlich, dachte Grassmann, hat sie sich nur ihrem Mann gezeigt, ich dagegen bin halt doch nur ein Stammgast, das übliche, stumpfsinnige Verhältnis für eine alleinstehende, verwitwete Kellnerin, deren Kopf voll ist von schwarzen, erschöpfenden Gedanken und bitterer Sehnsucht nach einem Toten. Er hätte ihren Geruch und wie er sich in den verschiedensten Regionen ihres Körpers sammelte und konzentrierte, verlor und verflüchtigte, in eine olfaktorische Karte einzeichnen können, wenn es so etwas gäbe, ebenso hätte er ihren Leib aus seinen Tasteindrücken auswendig modellieren können, wenn er Bildhauer gewesen wäre, aber ansonsten kannte er nur ihr meistens unbewegtes, nach innen gekehrtes Gesicht und ihre schwarze Kellnerinnenkluft, die sie stolz und aufrecht trug wie eine altehrwürdige Nonnentracht.

»Svetlana!«, rief er sie diese Nacht in sein Bett, während ihm die schrecklichen Erzählungen Faustenhammers und Kapellers im Kopf herumgingen.

Sie antwortete nicht. Sie hatte nie viel geredet mit ihm, auch nicht mit den Gästen im Café, vor allem wohl, weil ihr Deutsch immer noch wie schlechter Brahms klang, wie ein Cellokonzert des verwienerten Norddeutschen, das von unmusikalischen, boshaft-faulen Klavierschülern auf ungestimmten Bassgeigen gespielt wurde. Er hatte plötzlich Angst, dass sie ihn verlassen würde. Durch eine aufrechterhaltene Liebesbeziehung zu einem geistesgestörten Schwerkriminellen, der er möglicherweise war, könnte sich ihre Aufenthaltsberechtigung ganz schnell in Luft auflösen, ein Verdacht auf Mitwisserschaft war ebenso schnell konstruiert. Sie hatte sich die rund 2000 Euro an Gebühren, die für die Erlangung der österreichischen Staatsbürgerschaft aufzubringen waren, nie leisten können, obwohl sie schon fast 25 Jahre hier lebte. Andererseits hätte er sie gerne davor geschützt, in die Mühlen der österreichischen Fremdenverwaltungs- und Fremdenvernichtungsmaschinerie zu geraten, in diese gewaltigen, unbarmherzigen Mühlen, die schon so viele Menschenleben einfach zermalmt hatten wie vertrocknete Mehlwürmer. Schmerzhaft war ihm plötzlich klar, dass er sie, wenn er sie wirklich liebte, dazu bringen musste, ihn zu verlassen.

»Svetlana, du musst dich in Zukunft von mir fernhalten, am besten gleich ab morgen! Ich weiß nicht mehr, was ich tue!«, sagte er tonlos.

»Du gut Mann! Gut! Alles andere passiert! Einfach passiert!«, antwortete Svetlana. Für ihre Verhältnisse war das eine wahre Volksrede.

»Ach, Svetlana …«

Sie setzte sich auf die Bettkante neben ihn und hielt ihm plötzlich in der offenen Handfläche ihrer rechten Hand eindringlich etwas hin. Es war ein einfacher versilberter Anhänger in Kreuzform.

»Gegen Dämonen!«, flüsterte sie. »Gegen Geister in dir!«

Das erste Mal in meinem Leben, dachte Grassmann verwundert, dass ich von einer Frau, ausgenommen meine Mutter, etwas geschenkt bekomme.

Ganz gegen ihre sonstige Gewohnheit blieb Svetlana bei ihm bis zum Anbruch des Morgens. Als er schließlich gegen elf beinahe schon panisch auffuhr aus einem wiederum sehr, sehr tiefen Schlaf, der ihn bis in die Mitte seines Herzens erschreckt, aber nicht wirklich erquickt hatte, war das Zimmer kalt und düster.

Vor dem einzigen Fenster fielen Tonnen und Abertonnen von Wasser auf Laiden, dicht und grau wie die Regenpelerine eines Landgendarmen.

Der Untergang, dachte Grassmann, schlief aber zu seiner Verblüffung gleich wieder ein.

* * *

»Jetzt ist der alte Gamerith auch noch in die Senkgrube gehüpft! Was sagen Sie dazu?«

Als Franz Grassmann zum dritten Mal erwachte, saß Major Kornus auf seiner Bettkante wie gestern Abend Svetlana und sprach ihn scharf an, wie einen dickfelligen, ungehorsamen Haushund etwa, der nicht parieren wollte. Vom erotischen Standpunkt aus gesehen, dachte der Neo-Pensionist langsam erwachend, war es aber nicht ganz das Gleiche.

»Wann?«, fragte er atemlos und noch immer nicht ganz wach.

»Sein Nachbar hat ihn heute Vormittag gefunden, weil er sich ein bisschen Zucker ausborgen wollte«, sägte die Stimme des Chefs der Harmer Kripo, und seine ruhelosen, dünnen, langen Arme und Hände unterlegten das Gesagte permanent mit schnellen, weitgehend unverständlichen Gesten, wie wenn der Major eine Art aggressiver Gebärdensprache verwenden würde.

Vom alten Gamerith etwas borgen zu wollen, dachte Grassmann, ist auch nicht schlecht. Stattdessen fragte er aber nur: »Zucker?«

»Na, Geld hätte der Alte wohl kaum hergeborgt, höchstens eben eine halbe Moccatasse angejahrten, feuchten, griesigen Rohrzucker aus Moldawien, das Super-Giga-Sonderangebot aus dem Giga Markt. Jedenfalls hat ihn der Nachbar in der windschiefen Keusche nicht angetroffen, hat dann aber den offenen Schacht der Jauchegrube bemerkt und die Hausschuhe vom Gamerith daneben, fein säuberlich nebeneinander gestellt.«

»Wie bei seiner Frau!«, meinte Grassmann atemlos und wollte sich im Bett aufsetzen.

»Bleiben Sie gefälligst so liegen, oder einer meiner Assistenten fasst das als tätlichen Angriff auf und schießt Ihnen ins Knie!«, blaffte Major Kornus.

So schlimm, fragte sich Grassmann, steht es also um mich?

Seltsamerweise begann es im Zimmer immer stärker nach

Kaffee zu duften. Der Neo-Pensionist wagte es, den Kopf ein wenig zu drehen und sah, wie sich links von ihm in der winzigen Küchennische einer von Kornus' Assistenten an seiner kleinen Single-Kaffeemaschine aus braunem Plastik zu schaffen machte, die schon fröhlich, wenn auch etwas verkalkt, vor sich hin blubberte. Der andere Schackel lehnte an der Wand neben der Zimmertür und starrte unbewegt Löcher in die Bettdecke. Zwei nicht mehr ganz so junge Männer mit harten Gesichtern, in schwarzen Lederjacken und in Military-Jeans, dachte Grassmann, die Tag für Tag den nervösen Launen eines mächtigen Mannes ausgesetzt waren, der sie mit seinen überaus beweglichen Händen und einer sägenden Stimme im wahrsten Sinne des Wortes dirigierte, wie alles und jeden um ihn herum.

»Hoffnung auf einen Milchkaffee brauchen Sie sich aber nicht zu machen, die Milch ist mir ausgegangen.«

»Das ist alles, was Ihnen zum Tod des alten Gamerith einfällt?«, fragte der Major kalt. »Die Milch brauchen wir nicht.«

Der Major sah noch immer aus, dachte Grassmann, wie ein ländlicher Totengräber mit einem Universitätsabschluss in Sonder- und Heilpädagogik oder, nein, eher wie ein professioneller Grabredner für nicht sehr wohlhabende Atheisten. Sein schwarzer Anzug von der Stange und das ebenfalls schwarze Hemd darunter sahen so vernudelt aus, als hätte er beides in den letzten Tagen auch im Bett getragen. Das düstere Outfit und sein krankweißes, hageres Gesicht ließen ihn noch größer erscheinen, von Grassmanns Liegepunkt aus gehört, schien die seltsam sägende Stimme des Majors geradezu aus den Wolken zu kommen.

»Einer meiner Assistenten hat vorhin die fabelhafte Idee geboren, dass wir all Ihre Schuhe mitnehmen und im Labor untersuchen lassen sollten. Ich dagegen habe gemeint, dass wir uns die Mühe sparen können, weil Sie sicherlich schon durch jeden Quadratzentimeter Gatsch in diesem Drecknest gelatscht sind, oder?«

Die beiden Assistenten blieben weiterhin ruhig und unbeteiligt. Grassmann begriff, dass Kornus' Ironie nur eine Methode war, um sie zu kujonieren, immer wieder zu unterwerfen.

»Überhaupt haben Sie ein Riesen-Schwein gehabt mit der Spurenlage! Der verfluchte Schnürlregen heute hat alles, aber auch wirklich alles, was eventuell noch da war, verwischt, vernichtet, unbrauchbar gemacht. Ich habe den Spurensicherer nicht einmal mehr mitgenommen.«

CSI spielt es in Laiden eben nicht, dachte Grassmann.

»Es widerstrebt mir an sich zutiefst, einen alten Kieberer als meschuggenen Serientäter zu decouvrieren. Wenn ein Polizist, und sei es auch nur ein ehemaliger Kollege, auf der Anklagebank sitzt, färbt das ab. Auf uns alle.«

Wovon redet der eigentlich, dachte Grassmann beunruhigt.

Der Kaffeesieder, der jüngere der beiden Assistenten, trat zum Bett und reichte seinem Chef eine große Tasse Kaffee, aus der es dampfte. Grassmann erkannte sein größtes Häferl, sein Opa-Häferl mit dem albernen Ferrari-Motiv darauf.

»Wo waren Sie überall in den letzten dreißig Stunden?«, sägte Major Kornus' Stimme.

»Auch wenn das jetzt irgendwie blöd klingt: Ein paar Stunden gestern Abend im Café unten, den Rest habe ich verschlafen.«

»Niemand schläft so lange, und schon gar nicht ein alter Hundianer wie Sie!«

»Wenn man zuvor ein paar Jahre nicht geschlafen hat …«

»Ich kann alles vertragen, nur nicht, dass mich einer häkerlt, der eigentlich wissen müsste, wie es läuft! Sie kennen unsere Möglichkeiten, Grassmann, die legalen und die nicht ganz so legalen!«

Der lange rechte Arm des Majors mit dem Häferl wischte nach vorne, auf den im Bett Liegenden zu, mit einer schnellen Bewegung aus dem Handgelenk schüttete er den heißen Kaffee in Grassmanns großes, verzweifeltes Gesicht.

* * *

»Wer sagt Ihnen eigentlich, dass der alte Gamerith umgebracht worden ist? Den Tod seiner Frau, die auf exakt dieselbe Art und Weise umgekommen ist, haben Sie doch immerhin selbst zum Freitod erklärt!«, sagte Grassmann eindringlich. Er lag noch immer unter der Bettdecke in seiner zerwühlten Liegestatt, und der von seinem Gesicht herabtropfende, sich rasch abkühlende Kaffee hatte einen braunen Fleckenkragen auf seinem Pyjama-Oberteil und auf einem Teil der Decke hinterlassen.

»Ist das etwa altes Blut auf Ihrem Kopfpolster da?«, fragte Major Kornus sägend. »Ihr Blut?«

Grassmanns Gesichtshaut fühlte sich an, als wäre ein großer Teil von ihr mit einem einzigen Ruck abgezogen worden. Als ihn die heiße Flüssigkeit getroffen hatte, hatte er kurz aufgeschrien, mehr aus Überraschung denn aus Schmerz, sich dann aber krampfhaft beherrscht, um Major Kornus' sadistischen Genuss ein wenig zu mindern.

»Es gibt auch noch jede Menge eingetrockneten blutigen Schorf zwischen meinen Kopfhaaren – Sie können das gerne überprüfen: Der Kellner von der Remise hat mich vorgestern Abend im Gastraum niedergeschlagen und dann zur Hintertür hinausgeworfen. Den handlichen, sehr effektiven Totschläger, den er verwendet hat, wird er sicherlich noch irgendwo haben, wahrscheinlich sogar in seiner Hosentasche; so etwas wirft man schließlich nicht weg nur wegen einer mittelprächtigen Wirtshausschlägerei mit einem renitenten Gast …«

»Schon wieder eine Gewalttätigkeit mit Ihnen im Mittelpunkt!«, konstatierte Kornus ernsthaft.

»Mit dem Kellner im Mittelpunkt! Immerhin hat dieser Arsch mit Ohren mich bewusstlos geprügelt, nicht ich ihn!«, protestierte Grassmann.

»Irgendwelche Zeugen?«, hakte der Major nach.

»Ein älteres Ehepaar im Schankraum, Stammgäste, wie ich vermute, und so ein Bürschchen, wahrscheinlich eine Laufkundschaft. Den Lärm, den unser Remmidemmi verursacht hat, können die einfach nicht überhört haben. Da bin ich mir ganz sicher!«

»Wir werden das überprüfen, da bin ich mir ganz sicher!«, bemerkte Kornus, und der jüngere seiner beiden Assistenten nickte, wie wenn er einen expliziten Arbeitsauftrag empfangen hätte.

»Wir haben noch ganz andere Möglichkeiten, Grassmann, also verhalten Sie sich dementsprechend und kooperieren Sie!«, sagte Kornus eindringlich.

»Eigentlich möchte ich nie wieder nach Harm, in meinem Leben nicht«, meinte Grassmann mehr zu sich selbst als zu den drei Beamten in seinem Zimmer.

»Legen Sie endlich ab, erleichtern Sie Ihr Herz, erleichtern Sie Ihre Lage!«, sägte des Majors Stimme.

So etwas Ähnliches, erinnerte sich Grassmann, habe ich auch immer wieder zu Verdächtigen gesagt.

»Auch wenn der Kaffee nur der erste Grad war, so glaube ich trotzdem langsam, dass Sie nur bluffen«, meinte der Verhörte. Renitent setzte er sich im Bett auf und begann, sich das Gesicht mit einem Zipfel der Bettdecke abzuwischen.

»Mir ist schon klar, dass Sie vom Fach sind und sich nicht so leicht beeindrucken lassen, aber trotzdem kommen Sie mir mit der Schönheitsschlaf-Nummer nicht so einfach davon. Sie werden jetzt Ihren Arsch aus diesem Bett lüpfen und sich mit einem meiner Assistenten ins Badezimmer begeben. Höchstwahrscheinlich haben Sie in den letzten dreißig Stunden drei Menschen überfallen und körperlich attackiert und ebenso wahrscheinlich haben Sie dabei irgendwelche kleinen oder größeren Verletzungen davongetragen …«, ordnete der Major an und erhob sich hektisch von der Bettkante, um einem seiner Assistenten Platz zu machen.

Das kann er aber jetzt, dachte Grassmann, nicht ernst meinen.

* * *

»Stellen Sie sich in die Duschtasse, lassen Sie die Kabinentür gefälligst offen und ziehen Sie sich aus! Aber ein bisschen dalli!«, befahl der Ältere von Kornus' Assistenten im herrischen, lauten Kasernenhofton.

Wenn du schwul bist, dachte Grassmann, bring ich dich um.

Das Bad war so klein, dass er Kornus' Schackel sogar riechen konnte. Leder, Waffenöl und mittelfrischer Schweiß, vermischt mit einem billig-süßlichen Supermarkt-Deo.

»Machen Sie sich keine Sorgen«, flüsterte der Assistent plötzlich völlig überraschend. »Der Alte hat nichts in der Hand gegen Sie, der blufft tatsächlich nur.«

Zuvor hatte er Grassmann mit gezogener Waffe ins Bad eskortiert, die Glock aber sofort weggesteckt, als die Badezimmertür hinter beiden ins Schloss gefallen war.

Nette Show, dachte Grassmann, dieser Major Kornus hat seine Leute so gequält, so verbogen, dass sie mittlerweile sogar gegen ihn arbeiten.

»Bitte ziehen Sie sich wenigstens den Pyjama-Oberteil aus und stellen Sie sich wirklich unter die Dusche, nur für den Fall, dass der Major kontrollieren kommt. Der hat ja alles andere als einen ruhigen Hintern«, flüsterte der Assistent. »Mir persönlich ist es aber vollkommen wurscht, ob Sie irgendwelche Kratzer haben oder nicht. Der Alte hat uns ja gestern und heute auf der Suche nach Zeugen der Überfälle durch die halbe Ortschaft gehetzt, und was mir die Leute über den Hohensinner, diese Drecksau, und über den damischen Dafert-Buben erzählt haben – also von mir aus haben die beiden die Abreibung mehr als verdient! Und der Witwer, der Gamerith war, wenn Sie mich fragen, sowieso schon schwer depressiv, bevor sich seine Alte weggeräumt hat.«

»Außerdem bin ich nicht zur Polizei gegangen, um Kollegen in die Scheiße zu reiten! So tief werde ich hoffentlich nie sinken ...«, fügte er flüsternd noch hinzu.

»Sie haben was gut bei mir«, flüsterte Grassmann so leise wie möglich zurück. »Wie heißen Sie übrigens?«

»Federlein, Gruppeninspektor Florian Federlein.«

»Wie der Heilige!«, staunte Grassmann nicht schlecht.

»Es wäre ganz gut, wenn Sie vielleicht einmal lautstark protestieren könnten oder so, der Alte hört das gerne …«, flüsterte der Assistent.

Grassmann konnte sich noch gut daran erinnern, wie ihn die Heiligen das erste Mal in seinem Leben gerettet hatten. Er war damals fünf Jahre alt gewesen und hatte an einem Samstagnachmittag Ende September den großen Heizkessel im Keller des Miethauses, in dem seine Eltern und er damals wohnten, eigenmächtig entzündet und über zwei Stunden lang angestrengt immer wieder mit Braunkohle, Eichenholzscheiten und kurzen Akazienstangen befüllt, ja vollgestopft, bis nicht nur die Brennkammer, sondern der ganze riesige, gusseiserne Kessel rot glühte vor übermäßiger Hitze. Der übereifrige Bub, dessen Absichten nur die besten gewesen waren, hatte allerdings übersehen, dass die Ventile zu den Heizwasserleitungen noch geschlossen waren, weil der Ofen im Sommer nicht in Betrieb genommen worden war. Als der Hausmeister seinen ungebetenen, kleinen Helfer schließlich entdeckt und mit zitternden Händen die Ventile geöffnet hatte, um eine Explosion des total überhitzten Kessels gerade noch zu verhindern, war fast das ganze Wasser in den Steigleitungen explosionsartig zu Dampf verwandelt worden, was das Haus erzittern ließ wie bei einem mittleren Erdbeben und die Überdruckventile an den Heizkörpern in den Wohnungen in heißes Wasser spuckende Geysire verwandelt hatte. In Panik war der Bub, der Grassmann damals gewesen war, aus dem Keller, aus dem Haus, aus der Siedlung, aus der Stadt gelaufen und hatte sich in den Auen des Harmer Überschwemmungsgebietes versteckt, wo er stundenlang ziellos herumwanderte und bis nach Einbruch der Dunkelheit verschwunden blieb. Bedrückt und sozusagen an der bürgerlichen Welt verzweifelt irrte er durch das Urwaldrelikt aus der Jugend des Flusses, durch eine weitgehend ungezähmte Wildnis aus Tümpeln und Sümpfen, Schotterbänken und Schlammlinsen, niederem Mischwald, unentwirrbarem Gestrüpp, Heißländen und Trockenrasen, durch die sich im ewigen Auf- und Abbau selbst organisierende Au, in der das Prinzip galt: Schön ist schief, schief ist schön.

Als er in der anbrechenden Dunkelheit auf freiem Feld zwischen zwei Auabschnitten, auf einem abgeernteten Acker, ohne es zu wissen eine Überland-Hochspannungsleitung kreuzte, war ein Schwarm Wildgänse gegen einen der Strom führenden Drähte geflogen. Es hatte gekracht, geknistert und geknattert wie bei der letztendlichen Ankunft des Erzengels Michael, blauer Funkenflug und eine gelborange Stichflamme hatten einen Teil des Nachthimmels sekundenkurz erhellt und plötzlich waren zwei angesengte, halb gegrillte Gänse wie Manna direkt vor den Füßen des Buben gelandet. Das war schließlich der Sonntagsbraten für die Familie des Hausmeisters und für die Grassmanns gewesen, den der verlorene Sohn nach Hause brachte, und alles war wieder gut gewesen.

Grassmann lächelte unwillkürlich in sich hinein und zog seinen Pyjama-Oberteil wieder an.

»Bringen wir es hinter uns, Federlein.«

»Lassen Sie sich bloß nicht klein kriegen von dem Alten, der bläst sich nur furchtbar auf, da ist nichts dahinter …«, flüsterte der Assistent, um daraufhin sehr laut fortzufahren: »Sie können sich wieder anziehen, Grassmann, aber ein bisschen plötzlich! Dalli, dalli!«

Federlein ließ sich noch ein wenig Zeit, zog wiederum die Glock aus dem Hüftholster und öffnete die Badezimmertür. Noch im Türrahmen rapportierte er mit gespielter Enttäuschung: »Nichts, nicht einmal ein blauer Fleck, Herr Major.«

»Und? Hat es wenigstens Spaß gemacht, Grassmann?«, sägte die Stimme des Majors.

»Sie können mich mal koschemaloicherln!«, artikulierte der

ehemalige Gruppeninspektor laut und deutlich. Er drosch die Badezimmertür hinter Federlein zu und zog den Riegel vor.

»Ich begebe mich jetzt in meine morgendliche Schönheitsschleife, und wenn die abgeschlossen ist, möchte ich keinen Kieberer mehr in meiner Privatsphäre herumschnüffeln sehen! Habe die Ehre, meine Herren, und tschüß!«, sagte Grassmann gegen die Tür.

»Sie können hier ruhig die beleidigte Leberwurst spielen, aber eines sage ich Ihnen: Wenn Sie in diesem Kaff noch ein paar Rechnungen offen haben, so würde ich Ihnen raten, die nicht mehr zu begleichen! Sonst sind Sie dran!«, drohte Major Kornus.

»Verschwinden Sie endlich aus meinem Leben!«

»Nur zu gerne, aber Ihre Kopfpolster nehmen wir für das Labor mit!«

Meinetwegen auch meine alten Socken und Unterhosen, dachte Grassmann, wenn er nur endlich Leine zieht.

»Tun Sie, was Sie nicht lassen können, aber verschwinden Sie endlich!«

»' d' Ehre, Grassmann! Wir sehen uns!«

Ein Mann wie der Major musste wohl immer das letzte Wort haben.

Der weiß ja gar nicht, dachte der Mann im verdreckten Pyjama, was Ehre ist.

* * *

Bertl Faustenhammer bearbeitete gerade eifrig ein Surschnitzel, über die Pommes frites auf seinem Teller hatte er circa einen halben Liter Ketchup aus einer großen, rotgelben Plastikflasche gegossen. Otto Kapeller saß auf dem Nebentisch rechts von ihm vor einer leeren Moccatasse und rauchte langsam eine seiner belgischen Zigaretten aus einem Bernsteinspitz, auf den er viel hielt. Svetlana scheuerte an der Schank wortlos eine der beiden Spülen. Das Licht im Café war griesig und gedämpft, die alten, abgenutzten Eichenholzfurniere der Einrichtung, der Tische und Stühle, wirkten noch schmieriger und trostloser. Über den Fernseher lief Curling, und das Display des einarmigen Banditen in der Ecke zu den Toiletten blinkte blöde und bunt.

»Deine Kollegen haben hoffentlich nichts herausbekommen aus dir, Inspektor?!«, fragte Faustenhammer genüsslich kauend. »Bist eh nicht umgefallen?«

Trottel, dachte Grassmann, dann wäre ich wohl nicht hier, sondern schon in Untersuchungshaft in Harm.

»Wir haben immer auf dich gezählt!«, meinte Kapeller.

Ganz gegen seine sonstige Gewohnheit nahm Grassmann nicht an seinem Stammtischchen Platz, sondern blieb stehen.

»Euch hätten sie verhören müssen! Euch! Im dritten Grad!«, sagte er leise zu den beiden anderen Gästen.

»Wovon redest du überhaupt? Was soll das?«, fragte Kapeller sachlich und dämpfte seine Zigarette aus. »Hat dich dieser Major so aus dem Konzept gebracht? Deshalb dein Gesicht!«

»Ihr habt alles ernst genommen, nicht? Alles, was ich Euch die ganze Zeit erzählt habe? Ihr habt alles für bare Münze genommen, Ihr habt meine Fälle gelöst, ohne dass ich Euch verdammt noch einmal darum gebeten hätte!«

»Reg dich nicht auf!«, versuchte Faustenhammer zu beruhigen.

»Ich will mich aber aufregen!«, wurde Grassmann plötzlich laut. »Ihr habt den Dafert überfallen und den Hohensinner und den alten Gamerith! Ihr habt das Auto angezündet und den Senkgrubendeckel mit dem Traktor weggezogen!«

»Ich weiß nicht, was du hast«, meinte Kapeller ruhig.

»Alles, was wir getan haben, ist, einen Zustand vollkommener Gerechtigkeit herzustellen! Als Abschiedsgeschenk für dich! Entweder du erkennst das an oder du kommst hier nicht mehr lebend raus ...«, sagte Faustenhammer leise und legte die Gabel zur Seite, nicht jedoch das Messer.

»Zustand vollkommener Gerechtigkeit – dass ich nicht lache! Was ist zum Beispiel mit dieser ekelhaften Security, diesem Gorilla, der hier bei uns einbrechen geht?«

Faustenhammer begann plötzlich wie meschugge zu lachen, prustend und laut.

»Der Witz ist, dass sich diese sogenannte Security genau dort ein Erdversteck für die Beute angelegt hat – wohl eine Art Zwischenlager –, wo die Bomben liegen. Bei der Platane beim großen Wehr, du kennst die Stelle sicherlich«, klärte Kapeller auf.

»Ihr wisst, wo die Bomben liegen?«, fragte der Ex Gruppeninspektor fassungslos.

»Eh klar, schon immer. Mein Vater war ja dabei, beim Räumungskommando, der hat damals bei der Autobahn gearbeitet«, meinte Faustenhammer kauend.

»Wir waren halt nur immer der Meinung, dass eine Räumung nicht wirklich nötig ist. Bei einer Räumung sind nämlich auch schon welche umgekommen. Warum soll einer vom Sprengkommando draufgehen, wenn dort draußen, wo die Bomben liegen, eh nichts ist außer eine Gstätten, oder?«, erläuterte Kapeller und zündete sich schon wieder eine Zigarette an. Diesmal verzichtete er aber auf den Spitz, für seine Verhältnisse ein mehr als deutliches Zeichen, dass er ein wenig aufgeregt war, wenn er auch rein äußerlich nicht viel davon zeigte.

»Und jetzt habt Ihr eine Sprengfalle oder so etwas in dem Erddepot von dem Gorilla angebracht, damit gleich alles auf einmal in die Luft geht?«, fragte Grassmann.

»Ja, freilich«, gab Kapeller zu.

»Gelernt ist eben gelernt. Ich war schließlich bei den Pionieren in Korneuburg«, meinte Faustenhammer tief befriedigt.

»Wie der die Madeln festgehalten hat, während der Hohensinner seine Warze an Ihnen gerieben hat, war ja schließlich widerlich. Und das mit den Einbrüchen kann man sich auf die Dauer auch nicht bieten lassen«, erklärte Kapeller ruhig.

»Ihr seid ja verrückt! Komplett meschugge! Ihr habt sie ja nicht mehr alle!«, wurde Grassmann laut. »Und der Treppenwitz an der Geschichte ist, dass ich bisher geglaubt habe, ich sei der mit dem Dachschaden! Dabei seid Ihr es!«

»Was willst du denn machen?«, fragte Kapeller sachlich.

»Nichts. Gar nichts«, antwortete Grassmann tonlos. »Ich werde nur die Svetlana an der Hand nehmen, mit ihr aus diesem elenden Beisl verschwinden, nach oben gehen und mein Zeug packen. Wir schicken Euch garantiert keine Ansichtskarte von dem Ort, wo wir neu anfangen werden. Nur ein Lokal mit solchen Stammgästen werden wir sicherlich nicht aufmachen ...«

»Geht in Ordnung, aber dazu gehören zwei ...«, bemerkte der schöne Otto nachdenklich.

»Das Schrecklichste ist, dass ich mir gar nicht mehr so sicher bin, dass der alte Gamerith seine Frau wirklich in die Jauchegrube gestoßen hat«, sagte Grassmann leise.

»Na, wenigstens ein Fluchtachterl könntest du dir mit uns noch genehmigen, Inspektor!«, bemerkte Faustenhammer in seiner unendlich feinfühligen Art.

»Inspektor gibt's keinen«, antwortete Grassmann müde und blickte zu Svetlana. Sie hatte ihre Handtasche unter der Budel hervorgeholt und auf die Schank gestellt. Sie war sozusagen abmarschbereit.

Den Heiligen sei Dank, dachte Grassmann.